『日本名词故事』系列之一

你所不知道的日本名词故事

[日]新井一二三——著

上海译文出版社

目录

序　一套语言犹如一个大海或说宇宙

卷一　味觉的迷宫

误会造成美感 / 003

日式拉面的台湾因缘 / 006

地名，开启美味的联结 / 013

寻羊记 / 019

谁的料理才地道？/ 027

菜单上的狐狸 / 031

又说狐狸 / 040

哎呀，你真出世了！/ 042

失去了食欲的社会 / 046

一定胜利！/ 054

东京荷尔蒙 / 058

B 级美味 / 066

麻油啦！日本人对美乃滋的放肆 / 071

卷二　岛国地图

"南蛮"是指台湾？/ 079
鱼子酱与罗宋汤 / 086
"在日"不等于日本人 / 090
311 之后，FUKUSHIMA / 095
斜视的世界 / 099
和制意大利语 / 106
任何两地，都可以拉一条线联结 / 112

卷三　男男女女

社会自由化时代 / 127
两性的无性化 / 135
随时代变化的语感 / 141
你在何处，又要往何处去 / 146
不自由的日文称代词 / 150
感情有多深，这一天知道 / 154

卷四　这些事，那些人

虎面人运动 / 161
谁掌握了日本女性主义风向标？/ 165
何来单一民族国家 / 170
追溯那一年的时光 / 174

我们这一代美魔女 / 179

卷五　人生交叉点

问候如树叶般飘至 / 199
“铁”是怎样炼成的 / 204
酷的人，不考虑酷不酷，所以酷 / 211
从日本式到混合式 / 218
震灾后副产品 / 223
出于怜悯的保密，违法 / 229

序

一套语言犹如一个大海或说宇宙

新井一二三

一九八〇年代，我在中国留学的日子里，连做梦都没有想到，自己有朝一日会用中文写书在中国大陆出版。在当年的中国，说书店就是新华书店，墙上贴着马克思、恩格斯等伟人的肖像，书架上摆着《毛泽东选集》《鲁迅文集》等伟人的著作。而当年的我，连汉语老师在课堂上说的话都听不大懂。

于是为了训练听力，下课以后我坐公共汽车去西单，蹲在黄昏时段的马路边，侧耳倾听北京人说话。行人说话太快记不住，公共汽车售票员老喊的“没票儿的买票儿啊，没票儿的买票儿啊”，倒学得够地道。另外，北外留学生食堂的小姐提高嗓子向厨房喊的“小盘儿豆腐”，我也说得还不错。还有，刚毕业于北大中文系，系着两条长辫子的女老师，叫我们重复说一个小时的“胡同儿”一词，我至今都有自信能说得跟北京人一个样儿。也许有人要问：学会了无关紧要的两句话和一个词儿的发音有什么用？我过去三十年的亲身经验是：在中国以及海外华人居住的地方，只要我开口说一句话，大家都知道我是在北京学的普通话。正如，我在香港任职于一家出版社的时候，台湾来的副总编听我说第一句话，马上就指出来道：原来是个京片子。那究竟有什么用，则见仁见智了。

我对汉语、中文的迷恋，曾在本系列《123 成人式》收录的《心跳的原因》一篇里充分告白过。总之，很长很长时间，我都耽溺于中文世界，说中国话，写中国字，想中国人，吃中国菜，看中国电影，唱中文歌儿，过得非常开心。若非台湾有位编辑向我建议说“你写日文名词的故事吧”，恐怕我自己永远不会去想日文单词后面到底有什么故事。未料，我执笔讲起日文单词来，就娓娓道来讲个不停。也不奇怪，本人毕竟是土生土长的日本人，对于日本社会、文化的种种，有从亲身经验得来的知识和意见。把一篇又一篇日文名词的故事投给台湾报纸，果然读者的反应相当强烈，结集出的繁体字版书，市场成绩也不坏。

但我连做梦都没想到的是，出版诺贝尔奖作家书籍的上海译文出版社，竟愿意替我出一套文集，而其中的第九本就是这本《你所不知道的日本名词故事》。能走进原先只有马克思、恩格斯、毛泽东、鲁迅等伟人才占到位子的中国书店，我感到荣幸至极。

近年的中国年轻人，通过电视或互联网等渠道，看过许多日本连续剧、动漫作品等，而且对作品里出现的日本生活之细节，有具体而强烈的兴趣。自从中国掀起了旅游热潮后，重复来日本自由行的游客也激增，而他们对富士山、奈良大佛、秋叶原电器一条街都司空见惯，反之对偏僻山区没人知道的温泉旅馆、位于东京小巷里的拉面馆、小饭馆等充满兴趣。这些都是三十年以前想象不到的现象。可以说，世界的变化超越了我们的想象力。

我写文章，历来要通过生活中的小事、小故事去打开展望世界文明的视角。这本书收录的文章谈及日本人的饮食生活、日本人的世界观、日本的人物、日本的男女关系、日本的社会风气等，每篇文章谈的都是也许别人以为不足为道的小事情。但愿这本书能给读者提供事先想象不到的视角，看完整本书后，读者脑海里有了跟原先稍微不一样的日本观。

一套语言犹如一个大海或说宇宙。这是我除了用母语日文以外，还用中文、英文生活和写作以来三十年得到的体会。我很高兴这辈子有机缘学中文、写中文书，通过作品跟中文读者沟通，我的天空似乎扩大到银河系的更远方去了。我的中文，除了在北京西单街头以外，也是在中国大陆坐火车去各地旅游的路途上学到的。希望阅读这本书能够给读者留下匹敌一次旅游一样无穷的回味。

卷一

味觉的迷宫

误会造成美感

春雨[春雨 はるさめ] 玉子[玉子 たまご] 豆腐[豆腐 とうふ]

"玉子"的语感，对日本人来说稍显滑稽，至多可爱，但是绝不可能优美。所以，菜名"玉子豆腐"，由日本人看来也就是"鸡蛋豆腐"，平淡得很。

中文的"粉丝"，到了日文里就翻身为"春雨（はるさめ harusame）"。

美吧？

不过，把"绿豆粉丝"称为"緑豆春雨"，则有点傻了。

中菜"蚂蚁上树"，日本人叫做"麻婆春雨"，难免有化外的味道。

川菜较晚才传播到日本来。东瀛人熟悉的四川料理也

只有“麻婆豆腐（マーボどうふ mabodofu）”而已。凡是辛辣味道的东西，日本人都称为“麻婆××”。例如，把“鱼香茄子”叫做“麻婆茄子”。

优雅的“春雨”跟俗气的“麻婆”结合在一起，唤起来的想象也怪里怪气。好在日本人始终不知道中文“麻婆”是什么意思。

中文的“蛋”，到了日文里是“卵”。

有点怪。

在日本，“卵”也写成“玉子”，两者的读音完全一样，均为“たまご”tamago。日语的“たま”tama指的是球形的东西。东京地名“多摩”“多磨”也都念成“たま”。

“玉”字在日文里头，基本上是“球”的意思。日本人跟西方人一样，知道翡翠，却不懂得欣赏“玉石”。因此，日本人看到“玉”字，也不会想到宝石，首先联想到的一般很不雅，也就是“蛋”了。

“玉子”的语感，对日本人来说稍显滑稽，至多可爱，但是绝不可能优美。所以，菜名“玉子豆腐”，由日本人看来也就是“鸡蛋豆腐”，平淡得很。

没想到，从中文角度看“玉子豆腐”这名称，会唤起很不一样的想象来。

我有一次看香港作家张小娴在专栏里写到“玉子豆腐”。她眼里看出的果然是跟玉石一样滑亮、阴凉、高贵的舶来美味。居住于亚热带的中文女作家喜欢喝冷牛奶、吃“玉子豆腐”，显然对滑润、凉爽的口感情有独钟，连化外之地传来的家常便饭，都想象成传说中的醍醐。

日文跟中文之间，有时存在误会造成的美感。

日式拉面的台湾因缘

拉面[ラーメン]

ラーメン的标准菜码是煮肉片（日本人叫它叉烧，但其实是煮的）、葱丝以及干笋。ラーメン上搁的干笋，早期日本人称之为“支那竹”，因为日本没有麻竹，更没有腌制而成的干笋。那发酵的香味，由日本人尝来充满着异国情调，好迷人的。

“ラーメン（ramen）（日式拉面，在日本没有汉字表记）是从哪里来的？”这是日本杂志、电视综艺节目谈个不停的热门话题。听起来、看起来、吃起来，ラーメン都不会是传统的日本料理。但是，外国好像也没有同样的食品。ラーメン究竟是哪里来的？日本人很好奇，因为如今ラーメン是日本不可缺少的“国民食”。东北关东大地震发生后，最早在东京超市被抢购的食品就是袋装泡面和杯面。

关于ラーメン的起源，至今还没有个定论。有人说，明治维新后，来横滨唐人街开馆子的柳姓广东厨子卖的“柳面”是起源。也有人说，一九一〇年左右在东京浅草来来轩卖的“广東麺”才是起源。我本人倒觉得ラーメン的台湾成分不可低估。

由日本人看来，ラーメン最与众不同的特点是稍呈黄色、口感劲道的面条，也就是日本所谓的“中華麺”。这种面条是面粉加碱水做成的。传说道：曾经有人在内蒙古用当地湖水打了面条，结果打出来的面条又好吃又好看，那是水里含有的碱性成分导致的；所以，后人打面条也开始用碱水，以便取得同样的效果，只可惜在中国大陆，碱水面的做法已经失传，唯独在日本流传到今天，即日式“中華麺”。

这则传说不大可信，因为日本人开始去内蒙古应是二十世纪初日俄战争以后的事情，当时东京街上已经有馆子出售ラーメン的前身“支那麺”了。而且在中国大陆吃碱水面的主要是南方人，并且至今没有失传。

在传统日本食品里，用碱水的似乎只有九州岛各地（长崎、熊本、宫崎、鹿儿岛等）过端午节时吃的“唐灰汁卷”。这种点心很像台湾的碱水粽，其历史追溯到近代以前，估计是江户时期住在长崎的唐人（以福建泉州人为主）传授给九州岛人的。至于其他地方的日本人，第一次接触到的碱水食品好像就是“支那麵”。

十九世纪末在横滨、东京一带出现的碱水面“支那麵”源自何处？一八五九年横滨开港后，从香港转来的西方商人带来华籍“三把刀”（裁缝、理发师、厨师）。横滨中华街最早的一家中餐馆开张于一八七〇年。广东馆子颇有可能做碱水面卖了。直到昭和时代，日本中餐馆的菜单上，除了“支那麵”（以及其后身“中華麵”、ラーメン）以外，一般还有“雲吞”“焼売”“叉焼麵”，而后三者的读音都是广东音（ワンタン wantan、シューマイ shumai、チャーシューメン chasiumen）。我们大概可以肯定：日本“中華麵”的故乡是横滨中华街的广东馆子。

不过，ラーメン的构成要素并不仅是面条。它一方面引进了广式碱水面，另一方面沿用了日本荞麦汤面的形式：清汤面上搁几样菜码。从一开始到现在，ラーメン的标准菜码是煮肉片（日本人叫它叉烧，但其实是煮的）、葱丝以及干笋。ラーメン上搁的干笋，早期日本人称之为“支那竹”，因为日本没有麻竹，更没有腌制而成的干笋。那发酵的香味，由日本人尝来充满着异国情调，好迷人的。ラーメン的味道跟传统日本汤面最大的区别也就是源自干笋的乳酸味。对于ラーメン如此关键的干笋，当年是从台湾专门进口的。定居横滨的广东华侨从台湾进口砂糖、茶叶以及其他食品向日本市场贩卖。当台湾割让给日本以后，台湾产干笋更是涌入日本市场，我估计，它促进了ラーメン的诞生。

记得小时候吃ラーメン，除了“叉烧”煮肉片以外，觉得最珍贵的就是“支那竹”，因为那是外国食品，在ラーメン上才会出现几条，平时则是见不到的。犹如比萨饼上的碎黑橄榄。不仅家里不会做，而且商店里都没得卖。所以，一九六八年，桃屋公司在电视上宣传瓶装“メンマ”menma（在日本没有汉字表记）跟“榨菜”同时上市之际，几乎轰动了日本全国。“メンマ”是什么？不外是“支那竹”，只是受了即将跟中国大陆建交的政治环境之影响吧，桃屋居然以当年没人听说过的新名词“メンマ”来推销。后来我得知，那是台湾出身的食品批发商丸松物产公司老板松村秋水起的名称，乃“当面菜码的麻竹 =面麻”的意思。转眼之间，“メンマ”在日本脍炙人口，代替了旧名“支那竹”。

至于“支那面条”这名称什么时候变为“ラーメン”，也没有定论。第二次世界大战以后，从外地复员的阿兵哥没有工作，处处拉着“屋台（流动售货亭）”，吹着唢呐，卖中式汤面。其中不少是原日式荞麦面厨师，为迎合社会上的新潮流改做“中華麵”的。一九五八年，大阪日清食品公司推出了“チキンラーメン”(chikin ramen)，乃日本历史上第一种方便面。该公司的创业老板安藤百福（原名吴百福）是台湾嘉义朴子人。他家乡盛产意面，这显然给“チキンラーメン”提供了蓝本。后来在日本市场陆续上市的泡面，通用名称是“インスタントラーメン”(instant ramen)，馆子卖的“中華麵”也被称为“ラーメン”。一九七〇年代以后新打进东京市场的“札幌ラーメン”“九州島猪骨ラーメン”等全用了ラーメン。旧名“中華麵”很快就被淘汰了，更何况是追溯到十九世纪的“支那麵”。

可见，实际上就是安藤百福给“支那麵”正名，为ラーメン日后成为日本的“国民食”铺路的。他后来发明的划时代的新商品“Cup Noodle”也畅销国际。二〇〇七年，他去世的时候，美国《纽约时报》竟然登了篇社论题为

“谢谢面条先生”。

从ラーメン的诞生，到成为日本的“国民食”，一贯都有不可低估的台湾因素。当初是台湾产干笋的发酵味迷住了日本人，使他们对“支那麵”爱慕不已。后来，松村秋水把“支那竹”改名为“メンマ”，由桃屋推出后脍炙人口。然后，安藤百福把传统意面改良为能够大量生产、大量消费的“チキンラーメン”。他到美国考察时发现，西方人把泡面放在杯子里吃，因为西餐有面汤（noodle soup）的传统。为了打进国际市场，一九七一年日清食品推出的全球第一种杯面“Cup Noodle”果然在世界各国大受欢迎，ラーメン终于从日本的“国民食”再上一层楼成为“世界食”了。个中的台湾因缘，该被记忆下来。

【关键名词】

安藤百福

あんどうももふく

原名吴百福，一九一〇年出生于嘉义朴子市，一九三三年他在大阪设立日东商会，并就读于立命馆大学。第二次世界大战后，他开始经营百货公司和食品事业，但一九五七年事业受挫，只留下了位于大阪的自宅。安藤于是在自宅的庭园中建了小房间来研究速食面，一九五八年，“チキンラーメン”（鸡味速食面）制作成功，面世之后，速食面瞬时成为受欢迎的商品。同年十二月，变更商号为日清食品株式会社。一九七一年，首次发售“日清杯装速食面”，打开日本以外的市场，并将速食面推广到全世界。他被尊称为“速食面之父”。

安藤表示自己的健康秘诀是每周一次的高尔夫球和每日必食的鸡味速食面。

二〇〇七年，安藤百福因急性心肌梗死病逝于大阪，享寿九十六岁。

地名，开启美味的联结

天津饭[天津飯 テンシンハン] 广东面[広東麺 カントンメン]

我长大学中文，还要去中国留学，最初的起因不能不说是小时候在东京中餐馆的门外，呆呆地凝视玻璃柜里的天津饭模型时心里产生的无限憧憬。

法国没有法国吐司，扬州没有扬州炒饭。汉堡该有汉堡包吧？海南岛到底有没有海南鸡饭？我知道北京有北京烤鸭。

地名有唤起幻想的力量，尤其是远处的地名。

日本中餐馆卖的“天津飯”“広東麺”，其实跟天津、广东都没有关系，好比跟美国人蘸着梅子酱吃的蛋卷（egg roll）一样，该说是外国人想象出来的中国菜。尽管如此，就是因为有具体的中国地名天津和广东，由日本人听起来很有说服力，吃起来则充满着异国情调。你告诉日本人“中国没有天津饭、广东面”，人家不容易相信，也不容易想通，大概还会诚恳地反问：“若不是从中国来，到底是从哪里来的？”

东京的中华料理店一般都在门外有玻璃柜，里面摆着塑料做的食物模型。有拉面、锅贴、馄饨、叉烧面、炒饭等等，其中价钱最贵的非天津饭莫属。那是一种盖浇饭，在米饭上先放芙蓉蟹肉，然后浇上糖醋芡汁。我从小特别向往天津饭，不知在多少家中餐馆的门外呆呆地站着凝视过塑料模型。黄色的鸡蛋上分布着红白两色螃蟹肉和绿色豆子的样子非常漂亮。至于味道究竟会怎么样，则只好想象了，因为父母绝不会让小孩子吃那么高级的东西。

日本天津饭的历史，似乎可追溯到第二次世界大战结束后不久。当年有许多日本人从中国大陆被遣返回来，为了糊口选择的职业，往往就是开小馆子卖中式点心、小菜。拉面、锅贴、肉包子、猪肝炒韭菜、炸鸡块、糖醋肉等等都马上征服了日本人的胃口，因为传统日本菜清淡而缺少油分，但是在全民苦干拼搏的日子里，大家需要吃卡路里高点的食品。油分向来是中餐对日本人最大的吸引力所在。（直到今天东京超市卖的食用油最大的也才一升半装的塑料瓶，可见日本人仍然不大会吃油。）另外还有中国菜特有的调味，尤其是糖醋芡汁在日本菜里是不存在的，大家觉得好新鲜、蛮过瘾。于是出现的几样日式中餐，果然都用着芡汁。

其中最著名的“中華丼”，其实就是什锦菜盖浇饭。把肉片、鱿鱼片、鹌鹑蛋、竹笋片、木耳、胡萝卜片、白菜片等先炒好后用酱油、白醋、砂糖调味，勾芡后浇在米饭上即可。鹌鹑蛋和木耳是日式中餐的两样标记，再加上了糖醋芡汁就自动唤起中国幻想来了。跟“中華丼”相比，只用螃蟹肉和鸡蛋做成的天津饭给人纯正、优雅的印象，因此长期享有日式中餐之中的皇后地位。至于为什么用起天津这地名来，虽然原因未详，但是有可能发明者是从天津塘沽港遣返回日本的；另一个可能性则是从“天津甘栗”借用，因为这种糖炒板栗自二十世纪初以来在日本是家喻户晓的品牌。

我大学四年级到北京留学以后，单独去旅行的第一个地方就是天津。说要去天津，中国朋友们推荐的三绝便是狗不理包子、麻花、羊羹。那三绝我统统都去尝了。狗不理的三鲜包子确实与众不同，出类拔萃。天津麻花也很有特色，挺好吃的。羊羹则意外地跟日本的颇相似。天津就是没有天津饭，连天津甘栗都没有。但并不至于使我失望，更说不上什么幻灭。不过，我长大学中文，还要去中国留学，最初的起因不能不说是小时候在东京中餐馆的门外，呆呆地凝视玻璃柜里的天津饭模型时心里产生的无限憧憬。

从幻觉出发，渐渐地去认识现实，大概是许多人了解外国文化的路程。那一趟天津之旅，别的什么我都不记得了，却清楚地记得狗不理包子的馆子和买了麻花、羊羹的副食品商店。后来到中国各地旅游，我印象最深的往往也是当地餐厅或者有特色的食品。例如：长春的乌苏里餐厅、哈尔滨的酸面包、沈阳的烤肉和冷面、内蒙古的奶茶、上海豫园的小笼包、杭州的东坡肉、绍兴的黄酒和茴香豆、厦门的沙嗲，等等。地名和美味在我脑海里就是有分割不开的密切关系。这一切，不就是天津饭开启的吗？

若说天津饭是日式中餐之中的皇后，那么广东面拥有的地位大概相当于公子了。不同于中国菜的广东炒面，日本的广东面是日式拉面的变种，就是在汤面上浇了什锦菜。材料跟“中華丼”差不多，肉片、鱿鱼片、鹌鹑蛋、竹笋片、木耳、胡萝卜片、白菜片等，炒好后用酱油调味，最后还是勾芡的。这种面条在日本相当普遍，连杯面的品种中都有广东面。

日本的中华料理店，是在第二次世界大战结束后的国家复兴时期，像雨后春笋般出现而普及到全国各地的。当年日本穷，所以中餐馆的菜式以一人吃一份的盖浇饭和汤面为主，以便顾客匆匆吃而必定吃饱。直到今天在日本，以大菜为主的中餐馆仍属于少数，收费标准则不低于法国、意大利餐厅。这跟中餐代表廉价食品的北美洲情况大为不同。

有一次在加拿大多伦多学院街的中餐馆，我招待过日本大学时候的同学和她男朋友。当时她在美国留学，那里认识的男朋友是印度贵族的公子。我带他们去的是一家北方馆子，记得葱油饼和卤豆腐很受欢迎。总之不是特别高级的店，但还是跟日本的中华料理店不同，桌子上摆出来了几个大菜和广东炒面的盘子，要由大家分来吃。我之前有过来往的印度人不多，何况贵族的公子我是那天才第一次接触到的。他为人很好，很有幽默感。不过，公子毕竟是公子，有些方面跟平常人不一样。

例如，他不能做用人的工作。所以，除非别人帮他拿菜放在小盘子上，公子是不可以自己出手从大盘上取菜吃的。长到二十多岁，规矩早就成了本性，无法临时改变。日本女朋友平时很会伺候他，但是那天因为有我这个老同学在座，她常常太投入于聊天，有几次忘记伺候公子了。可怜的他，特别喜欢吃广东炒面，吃完一口还想吃一口，但是一给女朋友忽略，就吃不到了。记得那天日本同学问我："广东炒面是把面条油煎的吧？跟日本的硬炒面有点像，是不是？美国唐人街似乎没有硬炒面。中国到底有没有呢？"

日本没有广东炒面，却有硬炒面和软炒面两种。所谓硬炒面用的是油炸面条，不知为何在日本中餐馆的菜单上占了个永久性位子。就是在硬硬的油炸面条上面浇着——你猜！——什锦菜吃的。什锦菜的材料又是肉片、鱿鱼片、鹌鹑蛋、竹笋片、木耳、胡萝卜片、白菜片等，炒好后用酱油调味，最后还是勾芡的。也有人自己倒点白醋吃。日本人对中餐的印象，就是油、芡、醋。

不过，回想曾经在广州中山大学念书的日子，我好像没吃过广东炒面。当年印象最深的是学校对面的小店卖的牛肉河粉和鱼片粥，以及去中国大酒店地下美食街吃的京式炸酱面。哎，广州到底有没有广东炒面？

寻羊记

呷哺呷哺［しゃぶしゃぶ］

“しゃぶしゃぶ”这名称，本来就是中文“涮涮”的日本音译。传到台湾去以后，称为“日式涮涮锅”，亦改良为一人一小锅制了。没想到近年又传回到中国大陆去，竟叫做“呷哺呷哺”了。

好想去北京吃羊肉。自从上次在东来顺好好吃了一顿涮羊肉后，已经差不多一年了。也就是有一年没有好好吃羊肉，真有点浪费人生的感觉。那天在新东安市场总店，门外人龙排得长长的，而且里面的客人几乎都在吃猩红色的手切生肉片，跟我印象中冻得硬邦邦、盘子上堆得高高的粉红色冰肉卷不一样。之前在上海，我也看到了当地涮羊肉吃没经冷冻的“热”肉，还以为那是江南习俗。果然北京正宗涮羊肉也流行吃“热”的了。可见传统是活着的东西，岁岁年年会不同。

我平生第一次吃涮羊肉也在北京东来顺。那是在一九八五年的冬季，当年日本经济新闻驻北京的三森特派员请了一桌客，主宾为《一个日本人眼中的新旧中国：北京三十五年》的作者山本市朗先生夫妇。山本先生是日本战败后被中共留用的金矿工程师，经过“文化大革命”的风波一直定居北京，一九八〇年问世的日文《半生记》获得了每日出版文化奖。有主见的男人非常了不起，我倒同情陪夫婿在异乡过晚年的夫人。未料小个子的老太太优雅地微笑着说：“北京冬天有烤白薯，很好吃的。”东来顺老店位于王府井金鱼胡同破房子的二楼，即使开了暖气都不怎么管用，大家穿着棉大衣，戴着军帽，围火锅喝烈酒，昏暗的铺子里充满着白色蒸汽。

东京人没有吃羊肉的习惯，鲜肉店卖的肉类始终只有猪肉、牛肉、鸡肉三种而已，连鸭肉、鸭蛋都没得卖，更何况是羊肉。非得去百货公司地下的肉食店，才能找到从新西兰进口的冷藏羊排。那还是用玻璃纸包得紧紧的，根本不像北京肉市场随便搁着的整只羊腿。不过，一般的日本人如果看到了整只羊腿肉，十之八九会怕。东夷倭人之子孙处理生猛海鲜还蛮轻松，一面对四条腿的陆上动物就不知所措了。给顾客看到了大腿、肘子什么的，搞不好会当街失神昏倒呢。所以，东京肉店冰柜里摆的都是已切好能用筷子夹起来的小肉块、小肉片，以及绞肉。鸡肉也只有鸡块、鸡腿、翅膀等，除非在圣诞节前两天，否则是看不到全鸡的。我知道大陆人不一样。记得在多伦多认识的蒙古族舞蹈家康绍辉，在独居公寓的小厨房花半天熬煮羊腿汤。不锈钢大锅里熬好的汤完全透明，味道爽快又香浓，是我这个日本人从来没尝过的滋味。

多数东京人平时不吃羊肉，更不知道涮羊肉为何物，甚至以为“しゃぶしゃぶ”shabu-shabu（涮肉锅）是地道的日本菜。最近也有个大学教授在博客上津津乐道：日本しゃぶしゃぶ源自瑞士 fondue bourguignonne（牛肉火锅）。其实应当是中国北方的涮羊肉，战争年代传来日本，只是因为找不到羊肉，临时改用“霜降”（瘦肥参半）牛肉片，在热汤里涮一涮后，蘸着芝麻酱吃，结果大受国人欢迎，其势头竟压倒之前人气最高的“すきやき”sukiyaki（寿喜烧）牛肉锅，如今成为国际上最有名的日本料理之一了。不过，“しゃぶしゃぶ”这名称，本来就是中文“涮涮”的日本音译。传到台湾去以后，称之为“日式涮涮锅”，亦改良为一人一小锅

制了。没想到近年又传回到中国大陆去，竟叫做“呷哺呷哺”了。也就是，中文“涮涮”的日本音译“しゃぶしゃぶ”的中国音译！

我总觉得众火锅之中的大王是涮羊肉，尤其是北京东来顺的。每次向日本朋友介绍涮羊肉的时候，我都傲然断言：不信你去一次尝尝吧，北京的羊就是与众不同，那是给皇帝吃的，一点不愧为元大都忽必烈汗的遗风！

说到北京的羊肉，我也绝不能忘记烤肉季。第一次是一九九七年的初夏，从香港九龙站开往北京西站的直通车刚开通后不久，跟未婚夫包软卧去了一趟婚前旅行。什刹海一带当时仍然恬静幽雅，空气中却充满着西瓜皮的味道，而且路边奔跑的小朋友穿着开裆裤。我们在银锭桥附近散散步，湖边发现了有家清真老铺子叫做烤肉季。

那天我才明白，日本北海道著名的成吉思汗锅（ジンギスカン jingisukan）（烧羊肉）究竟是从哪里来的。成吉思汗当然是建设了元大都的忽必烈之爷爷。原来，日本人不仅引进了しゃぶしゃぶ涮肉锅，果然也学了北京烤羊肉。只可惜北海道是日本版“大西部”，烹调文化根基不厚。虽然那里有日本稀少的牧羊场，但是烤肉炉子做得不对，配菜、佐料也不够讲究。结果，闻名全日本的北海道名菜，一半的内容不外是焦黑的芽菜。尽管如此，去北海道旅行的东京人一定要尝尝成吉思汗锅，不管好吃不好吃，感觉充满着异国情调。（而且日本有句俗语说：名产没有好吃的。）“北海道”以及“绵羊”在一般日本人的脑海里都是很洋气的形象，不然村上春树也不会写以北海道为背景的《寻羊冒险记》。我只是非常遗憾日本人至今听都没听说过北京烤羊肉，不知比北海道成吉思汗锅好吃多少倍呢！

一九八〇年代在北京念书的日子里，我曾是个不折不扣的穷学生，靠每月一百多块钱人民币的奖学金糊口，除非有人请客，否则不能上著名食肆享口福。当年我的北京朋友们也一样穷，最有钱的时候才去西四延吉冷面店吃狗肉。所以，整个留学年代，除了全聚德和东来顺，我几乎没去过京城名店。幸亏，过而立之年有机会重访旧地，终于发现了烤肉季，实在相见恨晚了，何况从窗户望过去的什刹海那么迷人，虽然湖边林立的酒吧、咖啡厅一年比一年多。从此以后，我们每一趟北京之旅，绝对不错过全聚德、东来顺和烤肉季。虽然我们也对西单砂锅居的白肉、水晶肉很有情感，但是由于在东京吃不到，所以更加念念不忘北京的羊肉。

二〇〇〇年代迅速发达的北京，外省菜馆纷纷开张了。其中最教我惊喜的非新疆菜馆莫属。一九八五年的夏天从北京搭火车往酒泉、敦煌、乌鲁木齐、吐鲁番，然后改坐三天三夜的大巴士穿越塔克拉玛干沙漠往喀什，一路上吃的新疆菜，如拉条子、手抓羊肉等，说我后来梦想了二十年都一点也不夸张。二〇〇五年春天，北京使馆区正闹着反日示威，没关系，我们去东四六条弯弯月亮新疆餐厅。饭桌上摆满了羊肉串、拉条子、烧羊肉、手抓饭、酸奶等，我感动得差一点就要掉眼泪。实在幸福极了，这些年的等待完全值得了。唯一不满的是自己的饭量有限，不能全都吃光。我告诉自己：一离开北京飞回东京，再也吃不到新疆菜的呀，趁机尽情吃吧，特别是羊肉！

前些时候，有个年轻学人从日本去北京出差，回来告诉我："我真没想到北京那么穆斯林。"他指的是羊肉串。北京人一定司空见惯了，但是对日本人来说，"羊肉串"算是闻所未闻的，除非去什么土耳其餐馆，否则吃不到。可是，东京又哪里有土耳其餐馆呢？总之，一个地方的家常便饭，换了地方就是山珍海味。

这两天我特别想念北京的羊肉。若能吃到东来顺的涮羊肉、烤肉季的烤肉和烧饼，那当然很理想；要不然，一个人两串羊肉串也可以。对了，上次在北京，去新街口给女儿买好了一把小提琴以后，顺路往北溜达溜达就看见了一家西安饭庄，里头坐满的客人个个都忙于用手弄碎中东式硬面包。听说那是西安泡馍，我们从来没吃过，特别想吃。但是，正逢午饭时分，人非常多，而且那一家不知为何现在还是国营的，不知情的外国人站着观看半个钟头都搞不懂规矩。该不至于要收粮票吧？我让家人白站白挨饿，结果自己挨骂了。下次去北京，也一定要尝尝西安泡馍，只要我能搞明白那家的规矩。

【关键名词】

山本市朗

やまもといちろう

山本市朗，在中国生活了四十多年的日本人。《一个日本人眼中的新旧中国：北京三十五年》中，他以亲身的经历记述了在新旧中国的所见所闻和感受，反映了新旧中国的政治、经济、文化，以及社会上的风土人情，写得生动，形象，是一本珍贵的回忆录。在中国“四人帮”横行时期，他被当作“国际间谍”逮捕入狱。五年半的监狱生活，写得具体详细。出狱后，他仍留在中国从事高级工程师工作。

谁的料理才地道？

中华料理[中華料理 ちゅうかりょうり] 中国料理[中国料理 ちゅうごくりょうり]

在如今的日语里头，“中華料理”和“中国料理”的区别似乎犹如“洋食”和“西洋料理”之不同。“洋食”指的是日式西餐，如：西红柿鸡粒饭、蛋包饭、碎牛肉饼。“西洋料理”指的则是相对地道的法国菜、意大利菜等。

“东京街上的中餐馆众多，但是其中能吃到地道中餐的地方并不多。同学们，你们知道地道中餐馆的标志是什么吗？”大学一年级的汉语课上，老师问了我们。下午的课，本来睡眼惺忪的学生们一听到有关饮食的话语就本能地醒过来，擦着眼睛兴致勃勃地倾听老师接着要说什么了。“现在我教各位找地道中餐馆的秘诀——你们好好记住吧——那就是仔细看外面的招牌，如果写着‘中華料理’最好敬而远之，如果写着‘中国料理’就可以进去。我保证十之八九你们能吃到地道中餐了。”

那是一九八〇年代初，中国大陆各城市的街头还处处看得见“文革”留下来的红色大标语的时候。至于台湾，则是蒋家王朝仍然稳坐钓鱼台，解严还遥遥无期的年代。老师并没有解释为什么打出“中国料理”招牌的餐馆才会提供地道中餐，而“中華料理”店卖的则一定是不纯的中餐。我们学生也不够机敏实时提出这些问题弄清楚。不过，三十年后的今天回想，估计有两个原因。

首先，当年中国大陆改革开放后不久，被允许出国到日本来的人很有限，其中有资本开餐馆的更是少之又少。所以，东京众多中餐馆里，中国大陆人经营的馆子其实不多，但如果是他们开的店，恐怕就不会用“中華料理”这样的名称了。毕竟“中華料理”是日语而不是汉语。

其次，在战后的日本，“中”字代表中国共产党政权，“華”字则代表台湾国民党政权。说到“日中”下面一定是“友好”；讲起“日华”跟着无非是“亲善”。“友好”的对象是共产党，“亲善”的对象则是国民党。傻学生没有察觉到，但是老师表明的有可能就是他自己的政治立场。他宁愿要我们光顾“中”国餐馆，而不要我们出入中“華”料理店都说不定。

日本有许多老华侨开的馆子，挂的是“中華料理”店的招牌。例如，棒球大明星王贞治的父亲，一九二〇年代到日本来的浙江人王仕福曾在东京开的“五十番”，算是“中華料理”店。会不地道吗？关键似乎在于：战后日本高校的中文老师，很多视北京为正统，不仅语言如此，而且饭菜都是。

那位老师自己从没带我们去过他心目中的地道中餐馆。不过，其他老师推荐的馆子我倒去了几家。其中对位于新宿二丁目的随园别馆，至今印象深刻。那家的招牌菜“合菜戴帽”是用春饼卷起来吃的，在当年还没尝过北京烤鸭的日本大学生而言，充满着异国情调。另外，闻名于世的红烧海参，我也在那里平生第一次吃了。还有，水饺也跟日本人常吃的锅贴很不一样。总的来说，随园别馆是老派的鲁菜馆，挂的是“北京料理”的牌子，说地道够地道，只是后来我本人在不同的地方尝过了各色各样的中餐，体会到“地道”的中餐其实是五花八门，而且日新月异的。

这些年，来东京开餐馆的大陆人、台湾人都很多了。他们的政治立场和国家认同也比过去复杂许多。在如今的日语里头，“中華料理”和“中国料理”的区别似乎犹如“洋食”和“西洋料理”之不同。“洋食”指的是日式西餐，如：西红柿鸡粒饭、蛋包饭、碎牛肉饼。“西洋料理”指的则是相对地道的法国菜、意大利菜等。同样道理，日本人说“中華料理”一般指路边小馆子卖的日式拉面、锅贴、韭菜炒猪肝等平民化的日式中餐，或者从超市买来味之素 Cook Do 系列综合调味料自己做的麻婆豆腐、青椒肉丝、酢豚（糖醋肉）、八宝菜（全家福）等。“中国料理”的形象则相对倾向于高档菜式，如：北京烤鸭、鲍鱼、鱼翅之类。

同时，三十年前很少有的“上海料理”“北京家常菜”“台湾素食”等招牌如今也常在东京街头看得见了。在韩国餐馆、商店集中的东京新大久保车站附近，甚至开了“中国延边朝鲜族菜馆”。跟昔日比较，吃地道中餐的机会确实增加了。尽管如此，当有人问我：“东京的中餐馆，你说哪一家做的菜地道？”我都会回答说：“如果你有钱，有时间，干脆买张飞机票，去一趟台北也好，北京也好，上海也好，香港也好，保证能大开眼界，体会到地道中餐是怎么一回事！”

菜单上的狐狸

狐荞麦［狐蕎麦 きつねそば］ 狸乌冬［狸饂飩 たぬきうどん］

如今钱包里的钱是自己赚来的，完全可以想吃什么就吃什么。尽管如此，不知怎地，每逢工作日中午为吃便餐走进荞麦屋的时候，我都觉得套餐什么的太浪费了，还是在狐狸之间作选择心里才踏实。

小时候在东京，家里有了客人，总得叫附近的小馆子给送面点来。东京面馆有两种：中华拉面屋和日式荞麦屋。我母亲对家附近的中餐店“味乐”评价不高，认为姥姥家隔壁“来来轩”老板的手艺比较踏实。所以，她一般都给“藪蕎麦”打电话。

东京的荞麦面馆几乎一半都叫做“藪（やぶ yabu）”，其中以神田、浅草（并木）、上野（池之端）的三家“藪”为代表。据历史记载，一七五〇年代，当年江户城已经有名叫“藪”的荞麦店了。现存的三家里，最老的一家是一八八〇年创业的“神田藪”，其次是一九一三年开张的“並木藪”，至于“池の端藪”则是第二次世界大战以后才从“並木藪”独立出来的。我家附近的一家“藪”，无论是历史还是格调，都不能跟那些名店同日而言。不过，那是我长大以后才知道的事情。小时候还天真地以为，全东京的荞麦屋都跟家附近的“藪”差不多。

当年我家经济不宽裕，是父亲开的小印刷厂一会儿给拒付票据，一会儿失火把厂房全烧掉导致的。母亲舍不得请客花钱，可是既然来了客人则不能不请吃饭，实在叫她进退两难。何况家里还有我们五个孩子要吃饭。客人一般挺世故的，主动选择菜单上最便宜的菜式。如果是叔叔、伯伯的话，十之八九都会说：“我来一份‘盛（もり mori）’吧。”因为那种面点可以当下酒菜，是既能省钱又能保持体面的双赢选择。

“盛蕎麦（もりそば mori soba）”是盛在长方形小笼屉上的纯冷面。酱油味佐料汁里先放进少许葱花和“山葵（わさび wasabi）”（绿芥末）泥后，一边喝清酒，一边使筷子，夹起几根面

条来，蘸着点儿佐料吮吸进去。这样吃荞麦面，可以说是名副其实的小吃，绝对吃不饱肚子，却能享受到口感和香味的乐趣。我从小非常向往面馆的“盛蕎麦”，但是母亲绝不肯让小孩子点。她说：“纯冷面嘛，在家里都能做呀，干吗花钱叫外送的？”可是，家里没有长方形的小笼屉，母亲做的佐料也没有面馆的那么浓郁，再说她从市场买来的是软绵绵的蒸面，跟店里现做现煮的QQ面条不会一样吧？但是，母亲说了算，不许继续啰唆。

还有另一种冷面，叫我觉得更加神秘。那是“笊(ざる zaru)蕎麦”。虽说一样是纯冷面，却一定摆在圆形笼屉上，而且面条上面搁着点紫菜丝。面条和佐料都跟“盛”没有分别，但是因为多了那么一点点紫菜丝，价钱就比“盛”贵五十块日元，即当时两根苏打冰棍的钱。母亲自然敌视“笊”，认定那是腐败的象征。有一次，父亲大概喝多了点酒吧，跟客人一起要了两份“笊”。那个时候母亲脸上的表情，我永远不会忘记。

总之，小孩子不可以点“盛”或“笊”。小孩子也不可以点其他很多种菜式。家母并不专门讲经济，也要讲精神文明的。讲价钱的话，最便宜的一定是“掛(かけ kake)”（清汤热面），但是母亲认为在客人面前点了就要丢脸。至于清汤热面加了个生鸡蛋的“月見(つきみ tsukimi)”，又不能不叫她去计算一个鸡蛋的买价和卖价的差额而生气，因此还是不合适。结果，我们的选择只有“狐”和“狸”了。

“狐(きつね kitsune)”指的是红烧油炸豆腐片。据日本传说，狐狸精特别爱吃油炸豆腐。荞麦屋把大块油炸豆腐片用酱油和砂糖调味后放在清汤面上，就称之为“狐”了。“狸(たぬき tanuki)”则是做天妇罗的时候在油面上浮起来的碎渣，扔了太可惜，留下来起美名为“揚玉(あげだま age-dama)”，搁在清汤面上，就是“狸”了。小时候我愚蠢得可怜，一点也没发觉“揚玉”原来是天妇罗的副产品，还把它当作高级食品。其实，东京人把“揚玉麺”叫做“狸”，个中该有“受狸子迷惑”的意思。可是，当时我猜都没去猜那个谜底，更没想到荞麦屋菜单翻到了第二页就会出现“天麩羅麺”！

总之，小孩子被允许看的菜单第一页上，始终只有“盛”“笊”“掛”“月見”“狐”“狸”六个花样。把母亲敌视如蛇蝎的“盛”“笊”“掛”“月見”除掉后，留下来的永远只有“狐”和“狸”。好在东京荞麦屋也都销售“うどん udon”（乌冬）面，所以我们起码有“狐蕎麦”“狸蕎麦”“狐うどん”“狸うどん”四种选择了。其中，我当时最喜欢吃“狸うどん”。小麦粉做的乌冬面白白胖胖，放进嘴里感觉丰满，比瘦黑黑的荞麦面条容易饱人。再说，“揚玉”毕竟是天妇罗的副产品，有虾味的油炸面渣扩散于汤水中，本来清淡的柴鱼昆布汤变得浓厚诱人。

我们当时虽不至于挨饿，但也远不是饱尝美味过日子的。一九七〇年左右的东京小孩，还没吃过汉堡包也不晓得比萨为何物。平时吃的大多是根本没有油分的日本菜，如：烧烤沙丁鱼干、清煮青菜、冷豆腐、糠渍瓜菜。那半焦黑咸死人的沙丁鱼干，曾是每个日本小孩的噩梦。对我们来说，中华屋的馄饨面和荞麦屋的“狸うどん”算是最充满油分、最奢侈的食品。其他只有肉店外卖的“コロッケ croquette”（可乐饼）为我们提供油分。

有一天，父亲最小的弟弟来做客。他还年轻不懂事，到了吃饭时刻，竟把荞麦屋的菜单翻到第三页去，泰然自若地宣布了：“来一份‘鍋焼うどん(なべやきうどん nabeyaki udon)’吧。”我之前听都没听过什么“鍋焼うどん”。当面馆伙计送来的大托盘上出现了个小砂锅时，五个孩子都目瞪口呆。那砂

锅有盖子，而且下面垫着木板。小叔一拿掉盖子，我们就看见了锅子里有天妇罗大虾、鸡蛋、冬菇、青菜，还有“蒲鉾(かまぼこ kamaboko)”（鱼糕）等全家福，正在咕嘟咕嘟地煮着呢。那种纯白色带粉红外皮的蒸鱼糕，我们只有过年时一人才能尝三片，怎么叔叔能一下子既吃天妇罗又吃“蒲鉾”，再加鸡蛋和冬菇？我当场就感觉到母亲从此到死都不原谅小叔了。

我上了高中，开始有机会下课后跟同学们一起光顾荞麦屋。当时，家计也已经稍微好转。但是，母亲节约成性，荞麦屋的菜单上，永远只认“狐”和“狸”。我上的高中有些同学来自上流阶级，从小习惯吃高档食品。当我第一次跟那一批人上荞麦屋，翻开菜单到第二页之际，心中好紧张，有背叛母亲，偷吃禁果的感觉。

那上头果然印着“天麩羅蕎麦\うどん”，还有我闻所未闻的“鴨南蛮”“鶏南蛮”“(カレー karei)（咖喱）南蛮”等勾芡过的“南蛮汁”（汤水）里放着各类肉块的品种。另有“力(ちから chikara)”是把烤好的糯米糕搁在上头的，“阿亀(おかめ o-kame)”则是以“蒲鉾”为中心的热汤面，是把白色鱼糕片比作日本传统的滑稽丑女面具“阿亀”的脸孔，再用鸡蛋、菠菜、紫菜等给她设计五官。我发觉，原来日本面馆犹如动物园，不仅有狐有狸，还有乌龟呢。菜单第二页上也有各种“丼”，即盖饭，例如：“親子（鸡肉鸡蛋）丼”“勝（かつ katsu）（炸猪排）丼”“天麩羅丼”。把荞麦屋菜单翻到了第三页，除了当年小叔气死我母亲的“鍋焼うどん”以外，竟然有“天笊（てんざる tenzaru）”，就是“笊”冷面配上“天麩羅”。该说腐败到家吧？

高中生正处于身体迅速发育的年代，虽然中午吃过午饭，可是到了下午三点多放学时间，肚子又觉得饿。有些富家闺女同学，一走进荞麦屋连菜单都不看一眼地就喊：“勝丼（かつどん katsu-don）！”裹上面包粉油炸过的整块猪排，在酱油砂糖里稍微烧了以后，倒进打好的鸡蛋，煮到半熟的地步，就捞出来放在热腾腾的白米饭上吃。这不叫奢侈，叫什么？但是我自己仍受着“心中母亲”的控制，不敢违背她定的铁规矩，再说钱包里的零用钱也没她们那么多，每次总是在“狐蕎麦”“狸蕎麦”“狐うどん”“狸うどん”之间作了选择。

平生头一次上第一流荞麦屋，已是过了而立之年后的事了。位于东京杉并区荻洼火车站附近的本村庵是一九二四年开业的老字号。继承家业的第二代、第三代都充满进取精神，一九八〇年代往当年的北京三越百货公司传授制造日式荞麦面的技术，一九九〇年代则去纽约开了曼哈顿分店。最近几年又集中精神经营东京总店。一开拉门进去，我就感觉特别清洁。入口左边能看到现场做荞麦面条的过程，右边有几套桌椅，里头是铺着榻榻米摆着矮桌子的日式大房间。脱鞋上去，隔着玻璃窗户看得见摆了盆景的小庭园，感觉既日本又摩登。在这儿，环境也是吃食的一部分。

打开菜单看一看内容，果然跟小时候在家附近的“藪蕎麦”很不一样。最大的不同就是这里没有“狐”也没有“狸”。菜单上最显眼的位置介绍着纯冷面（据说，品尝荞麦本身的味道，吃冷的比较好）。“盛”不叫“盛”而叫“蒸籠(せいろ seiro)”，我后来得知高档店都用这称呼。有“笊”，还有佐料汁里放了萝卜泥的“卸(おろし oroshi)”，以及用鸭肉做佐料汁的“鴨蒸籠(かもせいろ kamo-seiro)”等。热汤面也有。除了清汤面“掛”以外，有“卵綴(たまごとじ tamago-toji)”（蛋花）、“山菜(さんさい sansai)”（野菜）、“生湯葉(なまゆば nama-yuba)”（嫩豆皮）、“とろろ汁” tororo-jiru（山药泥）、“鴨南蛮(かもなんばん kamo-nanban)”等。另一种面食“蕎

麦掻（そばがき sobagaki）”，我以前只听说过而没吃过，是烫荞麦面糕，一点一点蘸着山葵酱油当下酒菜，蛮有禅趣的。

那天，我平生第一次在荞麦屋喝了装在正方形杉木制杯子里的冷清酒。嘴唇还没接触到冰凉的清酒以前，鼻子已经闻到杉木的香味，最后把酒水含在嘴里，感觉犹如加盟了竹林七贤。工作日下午的本村庵，有几位单独来的老先生慢慢品尝着冷清酒。大白天一个人能光明正大喝酒的地方，高档荞麦屋是首选。何况本村庵除了天妇罗外，还有“山葵蒲鉾”“蕎麦寿司”“蕎麦豆腐”和姜味小螺等好几种小巧玲珑的下酒菜。是啊，都是小巧玲珑的点心和名副其实的小吃。可以吃很久，因为你永远不会吃饱。

像本村庵的高档荞麦屋，东京有好几家，但并不是哪儿都有的。至于普通的荞麦屋，也就是东京到处都是的“藪”，近年很多都推出套餐，例如海鲜丼、挂荞麦套餐或鳗鱼丼、盛荞麦套餐，为的是让客人吃饱。我离开父母家独立生活已经很多年了。如今钱包里的钱是自己赚来的，完全可以想吃什么就吃什么。尽管如此，不知怎的，每逢工作日中午为吃便餐走进荞麦屋的时候，我都觉得套餐什么的太浪费了，还是在狐狸之间作选择心里才踏实。

又说狐狸

大阪长大的老公说："哪儿有狐荞麦，狸乌冬？只有狐乌冬，狸荞麦嘛！"

我有时候真怀疑，大阪人也是日本人吗？怎么跟我们东京人这么不一样？

他说："只有小气的东京人才收钱卖'天滓（てんかす ten-kasu）'的。在大阪，全是免费，你要多少就放多少。所以，大阪没有'狸うどん'。你点最便宜的'掛'素面，尽情放入大量'天滓'，就比东京哪家荞麦屋的'狸うどん'都豪华了。"

人家说的"天滓"就是东京的"揚玉"，即炸天妇罗时候油面上浮起来的碎渣儿。（你看，大阪人说话多直接，东京人多懂雅趣！）

我问他："那'狸蕎麦'又是怎么回事？"

他说："放了'狐'的荞麦汤面叫做'狸蕎麦'。你不知道？"

我又问："什么意思？放了'狐'的荞麦汤面该叫做'狐蕎麦'吧？放了'狐'的荞麦汤面为什么叫'狸蕎麦'呢？"

大阪人："阿呆！放了'狐'的乌冬叫'狐'，放了'狐'的荞麦面叫'狸'。明白了没有？"

东京人：？？？？？？

如果没跟大阪人结婚的话，大概我一辈子都以为东京代表日本。现在才知道日本其实也相当多元化。仅仅在东京、大阪两地之间，用词和生活习惯的差别就这么大。

不过，连东京人都认为乌冬面是关西的好吃，四国的赞岐乌冬、大阪乌冬、伊势乌冬都很有名气。反过来在东京，乌冬被认为是嫌荞麦面苦涩的小孩子才吃的东西。讲到狐乌冬，大阪的该是最地道的。

大阪人："大阪的荞麦屋很少。但是，到处都有卖乌冬的馆子。大家都吃'狐'，没钱的吃'掛'。当然，吃'狐'也可以加'天滓'呀。这样子不就成了'狐狸うどん'吗？"

东京人："狐狸うどん？我糊里糊涂了。"

哎呀，你真出世了！

出世鱼[出世魚 しゅっせうお]

世界上的各种语言，并不是每一种都有一样的词汇分布的。举个例子，我有一次跟英国美食家谈话，很惊讶地发现：人家把不同种类的海藻都叫做“seaweed”，而根本不分昆布、若布、海苔、羊栖菜的。

日文的“出世”不是出生的意思，而是晋升、成功的意思。所以，说“出世魚”就是会晋升的鱼儿了。

鱼儿怎么会晋升呢？在爱吃鱼的日本人看来，越大的鱼儿越有吃头，因此越了不起。不过，“出世魚”并不是大鱼的意思。

“出世魚”是一级一级晋升的鱼。比如说，在寿司店常见到的“鰤鱼（ぶり buri）”，那是晋升以后的名称。最初，全长还不到十五厘米的时候，它叫做“もじゃこ mojako”，不过只有钓鱼的人有机会看到。长到十五厘米，才会在鱼市出现，这个时候的名字是“わかし wakashi”。再长到三四十厘米，则是夏天人气很高的“いなだ inada”了，往往在鲜鱼店里整条地出售，带回家后一半做刺身吃，另一半则跟萝卜块一起煮，保证会觉得很划算。这种鱼真会成长，不知不觉之间，会长到六十厘米左右。这么大了很难在家中厨房自己处理，一般都在鱼市场买砍成两半去掉骨头的鱼肉块，此时的名字为“わらさ warasa”。在日本，只有全长九十厘米以上的才叫做“ぶり”，既是冬天刺身的首选，红烧起来味道又特别美，因此商店里最好的位置摆着堂皇的鰤鱼排卖。

也就是说，虽然是同一种鱼，市场价值很不一样，因此以不同的名称出售。

又例如沙丁鱼，不到一厘米的鱼苗叫做“しらす shirasu”，就是台湾人所说的“魩仔”吧，日本人则煮熟后晒到半干，撒在白米饭上吃。我小时候，しらす是每两天一定上饭桌的家常便饭，现在不那么便宜了，算是大人的下酒菜，经常跟生萝卜泥一起吃。至于几厘米长的小沙丁，就叫做

“かえり kaeri”或“あおこ aoko”，银色的“にぼし niboshi”（小鱼干）看起来很漂亮，当零食吃也不错，西日本人做味噌汤，经常用这种小鱼提味，到了元旦更成为年菜“田作(ごまめ gomame)”的材料。“かえり”的中文名称好像是丁香鱼，也就是台湾小菜花生鱼干里的小银鱼。在日本，长到十厘米左右，才真正算是沙丁鱼，称之为小羽沙丁。到了十五厘米就叫中羽沙丁，二十厘米的则叫大羽沙丁。如果是小羽做刺身，一条只能取两片。但是大羽的话呢，一条能取八到十片，可当作一人份晚饭主菜了。在日本人眼里，鱼苗和大羽沙丁根本是两种不同的鱼类，忽然注意到它们原来是同一种鱼的不同阶段，说不定真有人感叹道：哎呀，你真“出世”了！

听说，住在北极圈的爱斯基摩人，关于冰雪的词汇特别丰富。日本人由于是爱吃鱼的岛国民族，关于鱼类的词汇可不少。你知道吗？世界上的各种语言，并不是每一种都有一样的词汇分布的。举个例子，我有一次跟英国美食家谈话，很惊讶地发现：人家把不同种类的海藻都叫做“seaweed”，而根本不分昆布、若布、海苔、羊栖菜的。我赶紧提问了：“明明是不同的东西，怎么可以只有一种名字呢？”他果然说：“因为我们哪个也不吃，所以不需要知道个别的名称。犹如杂草，你只知道统称是杂草就够了。”实在没想到，在古代日本身价昂贵到可以当货币通用的昆布，到了西洋不过是海里的杂草。

言归正传。在日本，随着成长名称变更的“出世魚”，除了鰤鱼和沙丁鱼以外，还有鲈鱼和乌鱼等。也有些鱼，例如鰶鱼，四五厘米长的鱼秧新子（しんこ shinko）算是日本山珍海味之一，七八厘米的小鰭（こはだ kohada）亦可以说是东京寿司不可缺少的重要材料，但是到了成鱼阶段却不怎么受欢迎。它的身价不是越来越高，反而是越来越低，因此不被称为“出世魚”。

另外一些鱼，例如鲔鱼，虽然在不同的阶段，不同的大小，都有不同的名称（从よこわ yokowa 经めじ meji 到まぐろ maguro）但也不算是“出世魚”，因为无论大小，鲔鱼始终是鲔鱼，没有从银鱼经丁香鱼到大羽沙丁，或者从新子、小鰭到鰤鱼那种戏剧性的变化。看来，被日本人承认为“出世魚”，除了改头换面以外，还要具备鲤鱼跳龙门一般吉祥的形象。

失去了食欲的社会

食育[食育 しょくいく]

大家不再一起吃饭以后，这个家会失去家庭该有的温暖，“个食”和“孤食”容易发展成“孤立”。

日本的教育，自从十九世纪的明治维新，一向以“智育、德育、体育”为主要内容。这本来是英国哲学家斯宾塞的教育思想，一八八〇年就出版了日文版《斯氏教育论》，对当时刚开始近代化建设的日本人影响颇大。谁料到，进入了二十一世纪，忽然又多了一项“食育”。二〇〇五年日本政府施行“食育基本法”，以此要推进“健全的饮食生活”了。

“食育基本法”前文指出，现代日本人的饮食生活有：营养偏颇、肥胖率提高、糖尿病患者增加、过度减肥流行、市场上“假食品”源源不断、粮食自给率低落、传统饮食习惯崩溃等种种问题。根据内阁府发布的统计数字，如今日本人摄取的脂肪比三十年以前增加了两倍，结果百分之十的学童和百分之三十的中年男性都过于肥胖，同时百分之二十五的年轻女性由于过度减肥而体重不到标准水平，缺钙现象尤其严重，到了更年期容易发生骨质疏松症。“食育基本法”指出，这些负面现象会影响社会发展，也加重国家的医疗费负担，因此“使每个国民确保身体精神两方面的健康，能够一辈子过健康充实的日子”已成为燃眉之急。

具体而言，从小学教室到电视广告，这些年日本人到处都喊“早睡、早起、吃早饭”的口号。因为上面列出的种种问题，似乎很多是孩提开始缺早餐，或者“孤食”和“个食”成性的后果。据统计，不吃早餐的小学生有百分之四，至于二十岁和三十岁之间的男性则有百分之三十之多，跟各年代的肥胖率有不谋而合的趋势。所谓“孤食”指的是“一个人吃饭”，例如小学生自己吃杯面当早餐。“个食”则指“虽然跟家人在一起，但是各吃各的饭”，例如母亲吃便利店买来的饭团，小朋友吃同一家店买来的奶油面包。在“孤食”和“个食”的饭桌，自然很难保持“传统饮食习惯”了。再说，面包、泡面等面食的材料是进口小麦，对国家的粮食自给率也没有好处。

“食育”一词早在一八九六年就有当年的日本陆军药剂监，也是Macrobiotic diet（正食运动）的先驱者石冢左玄在著作《化学的食养长寿论》里使用的例子。他说：“智育、德育、体育都以食育为本。”二十世纪初，村井弦斋写的畅销小说《食道乐》也多次讲到了“食育”。一九〇三年问世的《食道乐》是近代日本第一本的“食经小说”，文中介绍了六百多种菜肴，其中包括“和洋中”即“日本、西方、中国”的美味。不仅如此，村井也写道：世上到处都是“假食品”，例如装在洋酒瓶中的国产酒、用植物油做的“奶油”、放了许多防腐剂对健康有害的饮料等，非得提高群众对食品安全的认识不可。显而易见，二十世纪初日本的世相其实跟二十一世纪初颇像的。从这角度来看，被忘记了一百年的“食育”一词卷土重来并不无道理。

《食育基本法》是几个自民党国会议员共同提出的法案。他们代表农业团体和保守势力，提倡多吃国产大米，并且恢复儒家式道德观念。同时也有更多唯利是图的人和集团，只要有赚钱的机会，无论什么都愿意卖，包括重新被挖掘的“食育”。他们一看到“食育”成潮流，就策划起各种有关商品和服务来，例如“食育”指导员、辅导员的函授讲座。连明显破坏“传统饮食习惯”的快餐大王麦当劳都开设有关网页，制作“食育”DVD，免费租给有兴趣的小学教员，甚至可以派遣讲师开“食育”课。光是二〇一〇年，日本全国的小学开了总共六百六十二个小时的“麦当劳食育”课。上完这一堂课，同学们就会很清楚，吃麦当劳汉堡包对身体、对环境都多么健康、友好。可见，关于饮食，日本人道德败坏、思想混乱的程度到了什么田地。

究竟什么样的国家社会才需要制定“食育基本法”呢？旭通广告公司200X家庭设计室，自从一九九八年起对日本家庭的饮食生活进行定期调查，室长岩村畅子已出版了三本报告书：《变化的家庭，变化的饭桌：被真实破坏的市场调查常识》《现代家族的诞生：幻想家族论的死亡》《最可怕的普通家庭：彻底调查！破灭的日本饭桌》。标题中就泛滥着“破坏”“死亡”“可怕”“破灭”等本来跟饮食不大相配的词儿。岩村是广告公司的市场调查专家，却进行社会学者一般的调查，因为她发觉，根据历来的市场调查模式开发出来的商品、打的广告都对新世纪的消费者不再灵通。于是做了调查，结果果然令人大开眼界。

第一本书的调查对象是一九六〇年以后出生的家庭主妇，因为在日本，一九六〇年是现代化的分水岭。她们跟人们想象中的“日本主妇”很不同，一点也不勤劳，一点也不贤淑，懒得做费时间的传统菜肴，宁愿把快餐店的炸鸡、便利店的便当买回家填饱小孩的肚子，至于老公，要么让他吃跟孩子们一样的垃圾食品，或者请他自己光顾便利店解决伙食问题。

第二本则是对那些懒惰主妇的母亲做的调查报告，因为社会上普遍认为，老一辈的日本主妇是勤劳、贤惠，能做传统菜肴的。调查结果发现，一九三〇年代出生的奶奶一代人，小时碰上了战争，曾经长期挨饿，一九五〇年代以后生活才开始宽裕，便凡事学美国人进行了现代化。她们一结婚就放弃了日本传统的榻榻米和矮桌子，却引进西式桌椅和沙发来，早晨吃吐司喝速溶咖啡，让女儿学钢琴和芭蕾舞，从超市买来冷冻食品用微波炉弄热吃，表现出战后一代的上进心。她们自己会做传统菜肴，包括“御節料理（おせちりょうり osechi-ryouri）”（年饭），但不是未婚时代在娘家学的，而是结婚以后自己看杂志、看电视学的。岩村说，战争年代出生，废墟上长大的奶奶她们是白手起家的一代人，没有传统可回去。从军国主义的战时到民主主义的战后，经历过价值观念的大演变，她们相信女儿一代也自然会应对新的时代生活下去，并没必要就生活上的细节如做饭特地说三道四。

第三本书的访问对象又是正在养育孩子的家庭主妇，但是这次专门调查了她们家庭的过节方式。以前日本人认为元旦是迎接“年神（としがみ toshigami）”并全家团聚的重要日子。最近却有很多人宁可把精力和经费花在圣诞节上，即使自身和家人都不是信徒。非信徒的日本人庆祝圣诞节的方式，主要是家内外做许多电灯装饰。至于宴会的菜式，大多都去肯德基买炸鸡，也去西点店买蛋糕。从前的圣诞蛋糕是圆形的，如今由于“个食”已根深蒂固，许多家庭买奶油和巧克力两种的半圆形蛋糕，或者买一人一块的多种蛋糕。过完了圣诞节，许多主妇都觉得用完了力气，甚少有人接着准备在自己家里过元旦。她们认为，元旦最好出去旅游，或者到娘家、婆家吃姥姥或奶奶做的年饭。如果留在自己家的话，往往连元旦都睡懒觉，不会想到赶紧起来向丈夫、孩子贺岁并一起吃饭。反正没有准备年饭，大家都十年如一日去家附近的便利店选购食品而已。买来的是饭呢，还是零食呢，早就没有了区别。

饮食男女，人之大欲存焉。本来应该如此，然而，今天在日本，很多人都公然说，对饮食没什么兴趣。小时候挨过饿的奶奶一代人，生育孩子的时候，曾热心引进了西式生活，也学做了新的菜式。然而，孩子们一代是在饱食的社会里长大的，不曾挨过饿，食物始终不是太少而是太多，被视为减肥的阻力，她们对饮食理应无热情。但是，大家不再一起吃饭以后，这个家会失去家庭该有的温暖，“个食”和“孤食”容易发展成“孤立”。上述三本书都收录着很多张照片，都是受访者自己拍摄了自己家的饭桌。杯面、面包、便利店的便当、买来的烤鸡腿、宅配的比萨、塑料瓶装的汽水，无例外均是半加工或全加工的工业产品，令人异化似乎理所当然。显而易见，失去了“食欲”的社会才会需要“食育基本法”。但是，失去了“食欲”，无论是社会还是人，难道不等于走上了自灭之路吗?

【关键名词】

村井弦斎

むらいげんさい

一八六四年一月二十六日，爱知县丰桥市出生，卒于一九二七年。他是明治时期的记者，撰写新闻小说的第一把交椅。《食道乐》一九〇三年于《报知新闻》连载一年，受到广大欢迎，介绍和洋中华共六百数十种料理，连载完发行单行本，亦空前畅销。

一定胜利！

[KitKat]

KitKat 由日本人发音出来成为“キットカット”，而前边的“キット”在日文里就是“一定”的意思。至于后边的“カット”呢，则是“胜”即“カツ”的变形。

日本人向来爱玩谐音、双关语。正如广东人过春节要买金橘树，吃“发菜蚝豉（发财好市）”等吉利年菜一样，日本元旦的餐桌上也少不了象征富贵的“金团(きんとん kinton)”（蜜糖栗子）、代表子孙繁荣的“数の子(かずのこ kazunoko)”（鲱鱼子）等“御節料理”。还有，黑豆是勤劳的寓意啦，糯米糕象征耐性啦，莲藕则意味着瞭望啦，小时候每年都听到家里的长辈讲许多许多关于吉祥菜肴的起源。

不仅是传统日本菜，连外国传来的新菜式，也会被日本人用来玩谐音。比如说，西餐大王牛排（steak），日本人简称为“テキ”(teki)，发音跟“敵”字一样的。正好有另一种日式西餐炸猪排（cutlet），日本人则简称为“カツ”(katsu)，恰巧跟“勝”字是同音。这么一来，同时吃了牛排和炸猪排，不就是“勝敵”了吗？结果，每年夏天在甲子园球场举行的全国高中棒球大会，球场附近的协力旅馆，为了鼓励“球儿”们准备的晚餐菜谱上，一定会出现牛排和炸猪排。这是“(キット Kitto)”（一定）的。因为日本人普遍求吉利，也普遍相信“言灵”，即词语拥有的神秘力量。

好，我现在给你出一道谜吧。综合以上讲述，请你猜猜：全球最畅销的巧克力品牌雀巢公司的KitKat，在日本市场会发挥什么样的特殊力量？

这种巧克力是一九三〇年代在英国诞生的。后来传播到加拿大、南非、新西兰等旧英国殖民地，一九七〇年代开始向欧陆、日本、美国推销。可以说，日本人对这品牌相当熟悉。但是，它开始拥有魔术力量则是相对最近的事情。

好像最初是九州某一个中学生看着包装注意到了一个神秘的巧合。KitKat 由日本人发音出来成为“キットカット”(kitto katto)，而前边的“キット”(kitto)在日文里就是“一定”的意思。至于后边的“カット”(katto)呢，则是“勝”即“カツ”(katsu)的变形，因为东京话的“カツゾ”(katsu-zo)（胜呀）到了九州要变成“カット”(katto)。大概就是这样子，讲九州方言的中学生看出来了 KitKat 其实就是“一定胜呀！”的谐音。按照日本传统的“言灵”信仰，凡是说出来的话都成为祈祷，会变成现实，也就是灵验。

没多久，九州中学生买 KitKat 图吉利的习俗开始传播到日本各地去，厂家雀巢糖果公司也自然不甘寂寞了。该公司在推销方面本来就相当积极。一九九六年上市的新商品 KitKat Orange 受消费者欢迎以后，在全球各地开始贩卖当地特有的品种。跟日本人热爱小玩意的气质结合起来，在日本市场卖的品种最多。例如：北海道夕张香瓜味、烤玉米味、山形樱桃味、东北毛豆沙味、东京酱油味、静冈芥末味、信州苹果味、名古屋味噌味、京都宇治抹茶味、神户布丁味、九州岛柚子辣椒味、冲绳红薯味，等等，这些全是巧克力的品种呢！二〇〇八年起，每逢日本的入学考试季节，即冬天，雀巢糖果公司就跟邮局、电话公司、汉堡包店等合作，展开给应考生赠送特制 KitKat 的推销活动。比方说，喜气洋洋的红白两色包装品种啦、巧克力上

刻着“大丈夫(だいじょうぶ daijyoubu)”（会好的）“Keep Smiling”等文字的“鼓励应考生包装”啦，还有兼顾着日本人对樱花的信仰，涂上了樱花味抹茶奶油的品种啦。

有趣的是跟雀巢争市场的Lotte（乐天），为了推销自社商品“乐天小熊饼”，近年也推广起关于树袋熊的传说来了：袋熊是即使睡着都不会从树上落下的，也就是说，吃这种点心绝不会“落”第。于是在日本，冬季卖的“乐天小熊饼”包装上，看得见“合格(ごうかく gou kaku)”两个字，里面的巧克力饼上也写着“樱花要开”“大吉”等吉祥文字。

你说日本人是迷信，还是很会做生意？

东京荷尔蒙

荷尔蒙[ホルモン]

硬要把兔子说成是“鹅”加“鹭”，还算是鸟类啦，或者把马肉说成樱肉，把野猪肉说成“牡丹”等，跟广东人把狗肉说成香肉是异曲同工吗？好像不是。因为日本人是压根儿要否定他们吃动物肉的。

东京肉店的冰柜里，永远只摆着鸡、猪、牛三种肉。连鸭呀、羊呀都没有的，更不用提广州清平路农贸市场卖的各种山珍了，跟任何一天都大卖上百种鱼呀、虾呀的鱼店呈现鲜明的对比。再说，东京肉店卖的鸡、猪、牛三种肉，一般也是去了骨头的。说实在的，你在东京买到的鸡肉还带着一层皮的话，已经算幸运的了，因为有些商店是连皮都给拿掉后才出售，据说是很多人嫌鸡皮卡路里高的缘故。可见，健康意识太高了，反过来味觉就出问题。至于猪皮、牛皮呢，在日本历来只有皮革商人会有兴趣。我到中国得知猪皮可以晒干后油炸吃，真是大开眼界了。

记得我小时候，圣诞节吃烤鸡腿还是直接拿起大腿骨啃；今天的鸡腿却只有肉，多数小朋友吃的圣诞晚餐也变成了肯德基家乡鸡。总的来说，原材料和成品之间的距离越来越远。日本人吃荤的同时想要忘记那是杀动物取得的肉。所以，我在课堂上跟日本大学生说，中国的农贸市场卖咯咯叫的活鸡，他们都目瞪口呆，不敢相信普通老百姓能把活鸡处理成鸡肉。虽然理论上他们也知道家乡鸡的原材料是咯咯叫的鸡，但拒绝去想象中间的处理过程。这在现代日本社会是完全可能的，因为屠宰、解体与卖肉已经完全分割开来，消费者去肉店也看不到鲜血，只看到跟豆腐一样成为了食品以后的肉。

当我在课堂上说，有一次坐火车从杭州前往福州，车上看见了一个春节回乡的乘客在旅行袋里装着好多生猛甲鱼，同学们以为那是天方夜谭之类。其实，大江健三郎的小说中也有作家在自家厨房里跟活甲鱼死斗的场面，但一般读者会断定这纯属虚构。所以，我也不敢跟学生讲，曾经住在香港北角的时候，每天上班的路上一定得跨过渣华道路口的肉摊子放置于人行道上的牛头，而且还是沾满鲜血的。当然，我也可以给他们讲：英国食品“头酪（head cheese）”就是用牛头肉做的；爱尔兰裔美国作家弗兰克·迈考特（Frank McCourt）在自传体小说《安琪拉的灰烬》中写到，他小时候家里很贫穷，圣诞节都买不起肉，幸亏好心的肉店主人送给了他们一个牛头，妈妈带回家放在大锅里煮了。

说到底，日本人对肉食的态度仍然受着佛教禁杀生的影响，始终有所偷偷摸摸，不容易达到光明正大的境地。其实，山区的日本人一直吃着兔肉、马肉、野猪肉，但是不敢直呼其名，硬要把兔子（うさぎ wusagi）说成是“鹈（う wu，指鸬鹚）”加“鹭（さぎ sagi）”，还算是鸟类啦，或者把马肉说成“桜（さくら sakura）”，把野猪肉说成“牡丹（ぼたん botan）”等，跟广东人把狗肉说成香肉是异曲同工吗？好像不是。因为日本人是压根儿要否定他们吃动物肉的。

在这么个文化环境里，吃猪呀、牛呀的内脏，即使谈不上需要什么勇气，至少非得偷偷摸摸不可。我小时候，一九七〇年左右吧，偶尔被父母带去了东京浅草一家叫菊水道场的“烧鳥屋”。那铺子主要提供串烧，有“liver、hearts、guts、白、头”等品种。我当时还年纪小，傻乎乎地没搞明白前面三个其实为英文的肝脏、心脏、胃，显然是用外语来隐蔽破戒之事实的。至于后面的白和头，就不外是猪小肠和猪头肉。换句话说，东京蓝领阶层所谓的“烧鳥”，实际上全是猪下水。尽管如此，父母从来没有给我讲明过，我自己发现了真相以后也懂得羞愧，绝不会在学校里告诉别人：我们家到浅草吃“物”去了。“物（モツ motsu）”是“臟物（ゾウモツ zoumotsu）”的隐语，因为日本许多人本来忌讳吃内脏的，所以省掉“臟”字，简称为“物”。

菊水道场的“烧鳥”父母还让我们陪吃了，但是，当年他们常去的另一家馆子却谢绝儿童。父母叫那家店为“pute-can”，哥哥解释说，是英文单词“captain”倒过来的。“你懂不懂？captain 是船长的意思，再倒过来不就成为‘长船’了吗？念‘cho-sen’，就是‘朝鲜’的意思了。”倒过来倒过去复杂极了，都是为了偷偷破戒吃内脏。“pute-can”给人的感觉犹如地下店，至少上不了台面是肯定的。跟日本人经营的“烧鳥屋”不同，“pute-can”是朝鲜人开的烤肉店，母亲说那里的“ミノ mino”特别好吃，别的地方吃不到。今天网络上的百科全书都说“ミノ”是牛的瘤胃，看样子像蓑衣，所以叫“蓑（ミノ）”。当年我父母不知道“ミノ”是日语，却以为是朝鲜语。父亲还说：“日本人不晓得这些东西可以吃，都扔掉了。朝鲜人厉害，捡来做生意。”我长大后得知，日本的朝鲜烤肉店也提供其他种牛内脏：蜂巢胃、百叶、皱胃、肝脏、舌头等。

以前美名为“烧鳥”的串烧猪下水，后来改名成“ホルモン hormone”，那好像是一九八〇年代发生的变化。东京各火车站附近都有摆着炭炉子卖串烧的摊子或小馆子，正如从前在北京街头戴圆帽子的维吾尔人卖羊肉串那样。区别在于日本的串烧永远离不开酒水，尤其是叫“ホッピー hoppy”的仿啤酒廉价饮料。不知什么时候开始，那些摊子、馆子都挂起抢眼的“ホルモン烧”旗子来了。“ホルモン”（荷尔蒙）显然就是补品的意思，难免太露骨了吧。不过，另一种解释是：当初大阪人用起这个词，是因为日本人本来不吃，顺手“要扔掉的东西（大阪话说ホールモン horu-mon）”，别人听了就以为是“荷尔蒙”，其实纯属误会。我因为记得父亲说的那句话，倾向于相信这说法。

一个民族的饮食习惯随着时代而变化。一九九〇年代的东京，曾一时流行过发祥于九州福冈的“物鍋”，乃主要用牛肠和高丽菜做的一种火锅。以前吃“物”是不可告人的，这回倒成了时髦食品。只可惜，由于狂牛症风波，“物鍋”连锁店不久从首都东京撤退了。然后，进入二十一世纪，大概受了韩流影响吧，韩式烤肉店的形象大大的改善，如今升级为能跟回转寿司店并肩，家长带小朋友全家去享受美味的地方了。当然再也没有人用“pute-can”那样复杂的隐语。跟正宗韩国菜相比，在日本烤肉店的菜单上，各种内脏肉占的比率明显偏高。这不可否认跟早期韩国人在日本社会地位之低下有关。吃不起肉的才吃下水，似乎古今东西都属实；吊诡在于有些内脏比肌肉还好吃。

今天在日本，连良家子女都公开去烤肉店吃牛肝（liver）啦、牛舌（tongue）啦、牛肠（荷尔蒙）啦，等等。但是，在普通肉店里，还是几乎看不到这些部位；估计是从屠宰场经批发市场直接卖给各家烤肉店。反正，你如果叫日本家庭主妇自己料理牛肝啦、牛舌啦、牛肠啦，恐怕她们都不敢亲手碰触呢。然而，吃是另外一回事。不敢触摸的东西，人也乐意吃，正如不想知道处理过程的食品，人也愿意吃。

前些时候，日本流行大肠杆菌导致的疾病，起因于一家廉价烤肉店提供的生牛肉和生牛肝。病人当中还有小孩子，也就是说，居然有父母让才几岁的儿童在外面吃生牛肉、生牛肝。日本人的卫生观念到底出了什么问题？但是，叫我更加惊讶的是，当局暂时禁止全国餐厅提供生牛肉、生牛肝之际，竟有报纸社论道：肉脍、生牛肝如今是日本的“大众食物”，轻易禁止不符合现实。没想到，烤肉店上了台面才十几年，不仅烤下水，而且生牛肉都已普及到被报纸称为“大众食物”的地步了。后来的调查报道指出：韩国因为有吃生牛肉的长久历史，所以每家肉店、餐厅都懂得如何正当处理，甚少出卫生问题；反之，日本人对肉食还算外行，不少厨师、餐厅老板都缺乏最起码的知识、判断力、职业操守。出事的那家店果然是日本老板请日本厨师经营的。

总之，不敢在自己家里做也不敢想象其来源的食品，却愿意在外头吃，个中似乎有人格解离的问题。这用日本俗语叫做“二枚舌”，也就是一张嘴两片舌。恐怕最早是佛教禁杀生造成的压抑，后来因韩国人在日本的局外人地位产生了一种“肉食特区”，一旦唯利是图的日本人进到市场来，原有的默契不被遵守，给广大社会带来麻烦。也许还是不如入乡随俗，在日本尽情吃鱼，想尝吃肉的口福了，就买张机票考虑考虑下一个假期去哪里吃什么。

B 级美味

B 级美味[B 級グルメ]

相对于高级外国菜而言的“B 级美味”，包括各色各类的日本小吃。有荞麦、丼等传统小吃，也有拉面、饺子、咖喱饭、炒面等日本化的外国菜。

日本所谓的“B 级グルメ（美味）”指的是算不上 A 级的美味。但是，对于 A 级的美味，日本人也从不称为“A 级グルメ”。正如，有些影片被称为“B 级片”，可是世上也没有“A 级片”一样，虽然倒有“C 级片”或者“Z 级片”的说法。

英文里，“a gourmet”是个美食家，gourmet 也可以是“适合于美食家”的形容词，例如“gourmet food（美味）”。在日本，一九八〇年代的泡沫经济时期，就开始流行“gourmet”一词了。最初是按照英文用法，日文也有

“某某人是十足的gourmet”等说法。当年，大家争先恐后去光顾的，首先是意大利菜馆，然后有泰国、越南等的民族风味餐馆。那些外国菜，在当时的东京算相当高级，价钱也挺贵的。好在经济不停地膨胀，景气极好，连年轻女职员都负担得起星期五下班以后，跟同事一起去新开张的餐厅，享受一顿“gourmet food”晚餐。只是，那种场面，由老一辈大男人看来是很不顺眼的。

据传说，文艺春秋出版社的著名编辑里见真三有一次听到年轻女郎竟然说：“这样的菜，只卖一万日元，好便宜啊。”他是一九三七年出生，在战后的废墟里长大，属于白手起家的一代日本人。年轻女郎的那句话，显然撼动了老男人的牛脾气，他随后开始在杂志上提倡“B级gourmet food”，并连续出版《Best of 拉面》《Best of 荞麦》《丼》《寿司》等书籍。显而易见，他是偏爱发祥于日本当地的小吃，对进餐礼节复杂的外国菜却感到敌意。他那样思想及生活态度都保守的男性知识分子，恐怕世界什么地方都有。里见真三很难得的是，他作为编辑能力突出，六十五岁去世之前留下的多本书里，图文并茂地记录了各种日本小吃之奥妙以及个中的渊深学问。比如说，二〇〇一年出版的《数寄屋桥次郎，握旬》一书，可以说是未曾有的东京寿司图鉴。六年以后，法国米其林给了“数寄屋桥次郎”三颗星，证明了里见的眼光和味蕾。

一九九〇年代以后，随着日本经济低迷，“美味潮（グルメブーム gourmet boom）”开始退潮，在媒体上和庶民生活层面上，正统外来的“gourmet food”都逐渐给“B级美味”让位了。相对于高级外国菜而言的“B级美味”，包括各色各类的日本小吃，有荞麦、丼等传统小吃，也有拉面、饺子、咖喱饭、炒面等日本化的外国菜。既然说“B级”价钱就非便宜不可，同时也需要有“上不了台面”而引以为荣的感觉。再说，跟“B级片”一样，叫少数人偏爱不已，或者感到无限乡愁才行。总而言之，“B级美味”的语感有点像指美国黑人菜的soul food。

比方说，大阪的种种面点，例如章鱼烧、御好烧、葱烧、乌贼烧，等等，就给人以非常“B级”的感觉，因为调味料用美乃滋啦、炸猪排酱料啦、柴鱼啦、青海苔啦、红醋姜啦，可以说很自由，也可以说乱七八糟。不过，大阪毕竟是日本第二大城市，那些面点也并不算太充满异乡情调。相比之下，广岛烧，即内含炒面的御好烧，第一次出现在东京时，令人颇有意想不到的感觉，或者说

“B级”得很呢。当神户一家御好烧店开发的“そばめし soba meshi”（面饭）出现时，我则简直愣了。那是把香醋味炒面和白米饭在铁板上炒在一起的玩意，一经电视节目介绍，就在日本全国流行起来，一时连东京便利店都出售冷冻面饭了。

二〇〇六年起，日本每年都举行一次“B1锦标赛”（显然是学F1的），是各地来的几十个团体在户外会场摆摊子，透过群众投票决定冠军的活动。二〇一一年竟有超过五十万人参加了投票，第一届、第二届的冠军都是静冈县的富士宫炒面——香醋味炒面上搁了干鱼粉。第三届的冠军则被神奈川县厚木市的“シロコロホルモン siro-koro-horumon”，即炭烤猪大肠夺去了。第四届的冠军是秋田县的横手炒面，第六届又是冈山县的蒜山炒面。可见，日本的“B级美味”越来越呈现着地方风味炒面垄断的趋势。不过，还有各种乌冬面、串烧、咖喱饭、汉堡包等也打着“当地才有”的旗子来参加比赛。果然“B1锦标赛”的主办团体说：主要的目的是振兴小地方经济而吸引游客，推销食品是其次。

日文的维基百科全书有“B级グルメ”的网页。点击了旁边“中文”，未料转到“小吃”的网页去了。没有错，上不了台面，但是教人迷恋的地方小吃，在各地历来有各种各样的。像台湾的担仔面、北京的羊肉串等，称起“B 级美味”来也未必不合适吧。反之，想起来都觉得不可思议的是：里见真三命名为“B 级美味”之前，日本小吃是没有总称的。不信，你查汉日词典看吧。“小吃：在餐厅吃的简便饭菜、轻食、当零食的食品之总称。”多别扭，多啰唆。

麻油啦！日本人对美乃滋的放肆

美乃滋[マヨネーズ]

> 就是在美乃滋如此普及的情况下，才会出现“マヨラー”一族。前边的“マヨ”来自 mayonnaise，后边的“ラー”则是英文后缀 er，即“ ~的人”。当然，mayonnaise 是名词而不是动词，根本不可以加 er，即使勉强加了也只能成为 mayonnaiser。

“麻油啦”是错别字，日本人说的“マヨラー”（mayola）是法文、英文的“mayonnaise”即“美乃滋” =“蛋黄酱”派生出来的日制英语，跟芝麻是毫无因缘的。但是，我在这里写“麻油啦”也不无来历。那是好久好久以前的一九八八年初春，我在多伦多大学英语中心上课的时候，有个香港女同学说的。

记得她当年十九岁，已经高中毕业，然而学习成绩不够好，未能上大学。也不奇怪，虽然在加拿大待过几年，她的英文能力还挺有限的。跟她聊聊，我发觉，并不是脑袋差劲，只是没学好中文以前就出洋留学，语言能力在母语和外语之间处于两头落空的状况。可以说是小留学生的悲剧，结果呢，连很简单的沟通都难以成立。

比如说，mayo，即北美英语对 mayonnaise 的简称。有一天，在课堂上分小组练习讲话的时候，我讲到前一天中午做三明治吃的始末，列出的材料中就有 mayo。小组里的几个同学都轻松听懂了我说的话，毕竟内容是家常便饭嘛。只有那个香港女孩子愁上眉端，显出似懂非懂的样子。于是我问她："是 mayo，你吃过吧？"忽然间，她眉开眼笑说了："啊，mayo 啦，很好吃的。在泡面上放一点吃，真系好食。"我心里想：她说的好像是麻油吧？

言归正传。自从一九九八年，日本出版的新词词典《现代用语的基础知识》每年都收录"マヨラー"一词，语义是：嗜好 mayonnaise 走火入魔，天天都非得大量摄取不可，吃什么都一定要蘸着它吃的人。日本最有名的"マヨラー"是 SMAP 的香取慎吾，连续十年以上都担任味之素公司 Pure Select 牌美乃滋的代言人，并且他的个人 CD"慎

吾妈妈的おはロック Oha Rock”之歌词中重复地出现“マヨチュッチュ mayo chu chu”，即把美乃滋直接从塑料软筒吸出来的拟声词。

蛋黄酱发祥于十八世纪的法国，之后，很快就传到英国等其他地方去了。在日本，キューピー Kewpie（丘比）公司一九二五年开始出售美乃滋。我小时候的一九六〇年代，街上肉店卖的通心粉色拉和马铃薯色拉，一定是用美乃滋调味的，并且获得广大庶民的支持。那是日本人的伙食生活迅速西化的年代，各家主妇看着电视、杂志做综合色拉，就是把黄瓜、西红柿等切小块后，上面挤一点美乃滋做成。五花八门的色拉酱上市还是很多年以后的事情。同一时期普及的西洋蔬菜，如白花椰、青花菜等，在日本家庭最一般的吃法也是：煮熟后，上面挤一点美乃滋就上桌。小学、初中为学生提供的午餐里，都偶尔出现了“美乃滋烧鱼排”，是太平洋某处钓上的大鱼切成小块后放在锡纸做的小盘子里，表面涂上美乃滋，再搁了一点面包粉和洋芫荽，最后在烤箱里烤成金黄色。可以说，那是我当时吃到的食品当中，最充满洋气的一种。

日本人之所以动不动就挤出美乃滋来，是キューピー等本地公司的产品多为软筒装的缘故。我在多伦多大学进修英文的日子里，才第一次发觉：北美超市卖的美乃滋全是玻璃瓶装而没有塑料软筒装的。结果，北美人要用美乃滋，一定需要勺子或刀子等餐具，只能涂在面包上做三明治吃，至多跟罐头鲔鱼拌一拌做成色拉吃而已。反观日本的美乃滋，跟欧美的味道差别不很大，却由于容器之不同产生了不一样的吃法。

凡是大胆的大阪人，在当地盛行的各种面点如御好烧、章鱼烧等上面，跟柴鱼、青海苔、香醋一同，把美乃滋也搁上来吃，恐怕是日本人对美乃滋放肆的开始。名古屋人吃中华冷面，也配起美乃滋来了。日本当地风味、中华料理都可以配美乃滋，西餐就更没理由不可以配了。于是，面包店做美乃滋面包卖，比萨店也做美乃滋比萨卖。汉堡店则卖美乃滋虾球包了。

依特利（ロッテリア LOTTERIA）汉堡店一九七七年就出售虾球包，然而最初用的是白酱（white sauce），一九九二年灵机一动改用美乃滋味塔塔酱以后马上暴红，从此日本全国出现了一股“虾美”潮流。虾仁配美乃滋是发自法国的传统搭配，虾美包也可算是正统西餐了。谁料到，外卖寿司店居然引进它，出售虾美卷而大畅销。这么一来，日本各地的高级中餐馆也不甘寂寞，竟卖起美乃滋炒虾仁了。如今在日本，除了青椒肉丝和麻婆豆腐以外，最有名的中餐菜式大概就是美乃滋炒虾仁了。

不过，中餐里用美乃滋，估计台湾的色拉笋该是先驱吧。第一次尝到冰凉的笋块上挤出美乃滋来的冷盘，我一时目瞪口呆了。既然日本人把笋子当刺身吃，就没有理由不把笋子做成色拉吃。但是搁上美乃滋？好有创意！台湾人做菜，会用日本调味料也会用西方调味料，使得台菜在中餐世界里独树一帜。

讲回日本。就是在美乃滋如此普及的情况下，才会出现“マヨラー mayola”一族。前边的“マヨ mayo”来自 mayonnaise，后边的“ラー la”则是英文后缀 er，即“ ~的人”。当然，mayonnaise 是名词而不是动词，根本不可以加 er，即使勉强加了也只能成为 mayonnaiser。不过，二十世纪末的日本人造起“マヨラー”一词来，也有其特定的历史背景。那就是一九九〇年代曾风靡一时的歌星安室奈美惠（アムロナミエ amuro namie）。她的打扮、发型、化妆等对当年日本女性的影响非常大，社会上出现了许多模仿者，取自她姓氏，被称为“アムラー amurer”。后来，凡是追随某种流行的人，都被称为“某

某ラー”。最近也听到“ジンジャラー jinjala （ginger + er）”，是随时携带小筒装的姜泥，在外头吃什么都要挤出来享受刺激的人。

虽然从软筒挤美乃滋直接吃那一级的“マヨラー”为数不多，但是日本人普遍嗜好它则是不争的事实。一个原因，我估计是传统日本菜含有的油分太少，所以日本人尤其是年轻人一直渴望油分所致。媒体上活跃的各位烹调老师，也经常把美乃滋纯粹当油用的。例如，挤一点加在饺子馅儿里或麻婆豆腐的综合酱里，又或者做法式炒鸡蛋也要加点美乃滋等，其实都主要是利用里面的油分。

在日本人的日常生活中，不易得到满足的某种欲望，很巧妙地由美乃滋来满足，这一点似乎是不容置疑的。就因为如此，香取慎吾打扮起家庭主妇来，模仿着儿童节目主播唱的歌里，坦白出大家多年来不可告人的秘密（チュッチュ chu chu），才会受到大众那么热烈的支持。

卷二

岛国地图

“南蛮”是指台湾？

南蛮[南蛮 なんばん] [VIKING]

日语的“南蛮”一词一贯具有洋气、浪漫的印象，会在日本人心中唤起无限憧憬西洋文化的感觉。其实，我在葡萄牙里斯本也参观过从日本运过去的、特别华丽的“Arte Nanban（南蛮美术）”“Biombo Nanban（南蛮屏风）”之展览。

有一次在台北跟几个朋友吃饭。席上有位日本通问我：“日本人为什么把自助餐叫做 Viking 料理呢？”人家在日本有亲戚，果然对扶桑文化非常理解。日本人确实把自助餐叫做 Viking 的：饭店早餐是“朝食 Viking”，中餐馆的吃到饱是“中华 Viking”，印度餐厅的则叫做“咖喱 Viking”，韩国烤肉店的叫“烧肉 Viking”，另外也有“寿司 Viking”“螃蟹 Viking”“居酒屋 Viking”，甚至“甜品

Viking”，等等。

那天我给台北朋友们解释说：“因为瑞典有一种自助餐叫做 Smorgasbord。在日本最初引进自助餐的是帝国饭店，他们学了瑞典的 Smorgasbord。但是，在日本没有人听说过什么 Smorgasbord，连对瑞典这国家都印象模糊，所以，干脆就称之为 Viking 了。 反正都是北欧的嘛，日本人也分不清瑞典和挪威。”

后来，我回国重新上网查数据，得知 Viking 这名称另有典故。那是一九五八年的美国电影《The Vikings（海盗）》，乃柯克·道格拉斯主演的冒险片。当帝国饭店总经理犬丸彻三从北欧考察回日本，托大厨村上信夫研究西式自助餐，打算开家餐厅之际，饭店隔壁的日比谷映画剧场正好上演着那部拍摄于挪威的影片。据说，片中有海盗聚餐的场面，给当时还吃不饱饭的日本观众留下了特别深刻的印象。最后由帝国饭店员工投票决定新餐厅名称，最多人支持的就是“The Viking Restaurant”。

当时在全日本，帝国饭店是最高级的一家饭店。从那儿开始的自助餐 Viking，在日本人的心目中一直拥有相当高级的形象。不像在有些国家“All You Can Eat（吃到饱）”代表穷人午餐，是以廉价提供大量低级食品的。其实在日语里头，也有个类似“吃到饱”的词儿“食放题”，不过语感上就比Viking差多了。

日本Viking料理的老祖宗帝国饭店，至今在东京总店的最高层十七楼经营着自助餐厅The Imperial Viking Sal。“帝国海盗”这名字实在奇怪，只是，日本人已经司空见惯，如果改为正常英语叫做The Imperial Buffet Sal，恐怕吸引力方面要大大受影响了。何况那里周末晚餐的价钱是八千四百日元（约合人民币五百元）一份。

也许最有趣的是，在日本，“Viking”一词的语义，从原本的“海盗”变成了“自助餐”以后，最近又扩大到“自选拼凑”来了。于是有些大学推出“Viking课程”。这跟“北欧海盗”“吃到饱自助餐”都没有关系，而意味着：大学方面开多种课，让学生根据自己的喜爱去选修。学生的偏食不被谴责，营养够不够则是另外一回事了。

那天在台北，也有位大学教授问我：“日本人说‘南蛮（なんばん nanban）’是指台湾的吧？”我一时目瞪口呆，真没想到会有这样严重的误解。我赶忙回答道：“不是，不是。日本人说的‘南蛮’是指葡萄牙！”这回在座的台湾朋友们都目瞪口呆了。

没有错。十六、十七世纪的日本人把荷兰人（有时也包括英国人）叫做“紅毛人”，而把葡萄牙人（有时也包括西班牙人、意大利人）叫做“南蛮人”的。虽然他们同是西方人，但是来自南欧，而且到日本的行程是从马六甲海峡一直往北上来的。他们也往往从非洲莫桑比克、印度果阿等葡萄牙殖民地带来了黑皮肤的仆人。总之，从日本南方过来的外国人，就叫做“南蛮人”了。

当年的葡萄牙商人、耶稣会传教士，给日本传播了许多之前闻所未闻的新鲜事物，比如说：火枪、玻璃、西餐。至今在日本首屈一指的伴手礼品“卡斯提拉（长崎蛋糕）”则源自葡萄牙语 Pão de Castela，即卡斯蒂利亚（西班牙历史上的一个王国）面包。其他源自葡语的日本外来语，实在为数不少，例如：タバコ tabako（tabacco，烟草）、シャボン shabon（sabao，肥皂）、ボタン botan（botao，扣子），等等。连闻名国际的日本菜式天妇罗（テンプラ tempura）也取自葡萄牙语 tempero。

难怪，当年很多日本人包括高阶武士都热衷于“南蛮”文化了。著名武将织田信长就常跟耶稣会传教士来往。他喜爱“南蛮”服装，常穿戴天鹅绒外套、西洋帽子，甚至看上一位传教士的黑人家仆（据说身高有六英尺二英寸，约一八八厘米），把他接过来改名为“弥助”了。在当年日本“南蛮”文化风靡一时的程度，我们从“南蛮美术”（即日本画家跟耶稣会传教士学西洋画法以后制造的，以南蛮人、南蛮风俗为题材的绘画作品）看得出来。神户市立博物馆，前身为神户市立南蛮美术馆，收藏着不少贵重作品。

因为有这样的历史，日语的“南蛮”一词一贯具有洋气、浪漫的印象，会在日本人心中唤起无限憧憬西洋文化的感觉。其实，我在葡萄牙里斯本也参观过从日本运过去的、特别华丽的“Arte Nanban（南蛮美术）”“Biombo Nanban（南蛮屏风）”之展览。显然葡萄牙人都不以为“Nanban”一词具有贬义。所以，当在台北遇到了一个人好像很为难似的提问道“日本人说‘南蛮’是指台湾吧”之际，我衷心感到很惊讶。个中的误会是多重的。

而且在今天的日本，说起“南蛮”，最多人想起的是食物。也并不是葡萄牙等国家传来的西餐，而是日本人发明的种种怪菜。

日本众多餐馆中，“南蛮”最集中的地方非荞麦乌冬面店莫属。打开菜谱看一看，你会发现“鸭南蛮”“鸡南蛮”“肉南蛮”“カレ一南蛮”等菜式，都属于汤面类，但是汤水经勾芡呈黏糊糊、滑溜溜的状态，也就是台湾蚵仔面线那个样子。至于为什么把勾芡的汤水叫做“南蛮”则不大清楚。有人说，凡是“南蛮”就应该有大量葱段在内，因为大阪“難波”地区过去盛产大葱。荞麦乌冬面店说的“南蛮（Nanban）”其实是“難波（Nanba）”的讹音。谁知道是真的还是假的。

另一种“南蛮”以“鯵南蛮漬”为代表，乃把油炸至脆的小鱼或鱼片，泡在酸甜辣调味料（醋、酱油、砂糖、麻油、葱丝、辣椒粉）而制的。这种做法很像地中海一带常见的 escabeche，恐怕是往年葡萄牙人传到日本来的地道南蛮菜。怪就怪在最近两年在日本全国各地都颇流行起所谓“Chicken 南蛮”来。这道菜跟面店的“鶏南蛮”（用酱油和料酒调味的柴鱼昆布汤加小鸡块后勾芡）又不一样，该算是“南蛮漬”的发展型吧。据说发源于九州宫崎县延冈市“洋食屋伦敦”，最初只是把炸好的鸡腿肉泡在混合调味料里而已，然而后来上面搁起塔塔酱（水煮鸡蛋美乃滋）来了。本人至今不敢尝一尝，一听就很 B 级的感觉嘛。可是，宫崎县把“Chicken 南蛮”当作当地名产而极力推出，竟然在延冈市举办了“Chicken 南蛮发祥地宣言研讨会”。最近在东京的便利店都有“Chicken 南蛮”便当卖。

请放心，没有日本人认为：既然叫做“Chicken 南蛮”该来自台湾。绝不会！

鱼子酱与罗宋汤

俄罗斯[露西亚 ロシア]

日文露西亚含有露字。所以，在我印象中，俄罗斯始终是润湿而发亮的，正如俄国产的高级鱼子酱。

米、佛、独、豪。

你懂吗?

美、法、德、澳。

怎么这么不一样?

白是比利时。

伯是巴西。

比是菲律宾。

露是露西亚，即俄罗斯。

中式西餐罗宋汤的罗宋，我还以为是菲律宾罗宋岛的意思。罗宋汤在华人世界的发源地是上海。那么，当初应该是某一个菲律宾人教给上海人的。他会不会是在租界酒吧演奏爵士乐的音乐家？这种汤有西红柿味道，很像西餐。会不会是受了西班牙影响的？我越想越不对。罗宋其实是上海话俄罗斯的意思。罗宋汤就是Russian Soup。

一九一七年苏联十月革命以后，流亡到上海的俄罗斯人颇多。张爱玲的钢琴老师也是白俄人吧。海派俄罗斯菜，上海沦陷以后则转移到姐妹城市香港去了。曾为王家卫电影《阿飞正传》提供舞台的铜锣湾皇后饭店充满着老上海味道，果然是一九五二年从上海南下的厨师开的俄罗斯菜馆。我去那里特地点过基辅式牛油鸡卷。中环的Jimmy's Kitchen 更老，是一九二八年创始的老店。用餐后，我也买了那里出版的英文菜谱。书中介绍的酸奶油煮牛肉丝（Beef Stroganoff），我至今常在家做。

在日本，供应罗宋汤的第一家店是位于东京新宿的中村屋面包店餐厅部。乌克兰盲人作家，鲁迅的好朋友爱罗先珂（Vasil Eroshenko，一八八九—一九五二），一九二〇年前后几次寄宿于中村屋老板娘相马黑光（一八七六—一九五五）的家，给她传授了几样俄罗斯菜。相马黑光的国际文化沙龙一时颇有地位。爱罗先珂离开日本前往中国后，为了纪念他，黑光竟把餐厅伙计的制服都改为俄罗斯式了。至今，中村屋仍销售俄式炸肉包、中式月饼、印度式咖喱等充满国际主义味道的点心，算是黑光文化沙龙的遗风。

正如共产党在大陆的胜利把俄罗斯菜转移到香港去了，日本在中国的战败把俄罗斯菜传播到日本来了。战后从东北哈尔滨撤退的日本人，后来在日本各地开了俄罗斯餐厅。名歌手加藤登纪子一九四三年在哈尔滨出生，她父母亲在新宿歌舞伎町经营的馆子叫 Sungari，就是松花江的俄语名称，源自满语。女儿登纪子唱俄罗斯歌曲《一百万朵玫瑰花》很受欢迎，果然有历史因缘。

我住所附近有家俄罗斯餐厅，是很多年在 Sungari 工作的厨师结婚以后独立开的店。从哈尔滨回到日本的老板传授给日本弟子的俄罗斯菜，到底多么地道我不敢保证，不过味道是蛮不错的，气氛也挺好。然而，有个教俄语的朋友有次来我家，顺路看见了那家餐厅的招牌，之后告诉我：店名的俄文拼错了。地方风味离原地很远很久以后，难免出现名不正言不顺的状况。

日文露西亚含有露字。所以，在我印象中，俄罗斯始终是润湿而发亮的，正如俄国产的高级鱼子酱。记得在香港文华饭店顶楼的酒吧，喝着伏特加吃过鱼子酱，就是呈着黑夜的颜色，一粒一粒犹如野露一般发亮着的。

“在日”不等于日本人

在日［在日 ざいにち］

表明，“在日”既不是日本人又不是韩国、朝鲜人。复杂的处境不仅折磨人而且迫使一部分人的思想额外深化，结果产生难得的艺术作品。

“在日”是“旅日”的意思，乃“在日外国人”的简称。“在日外国人”有美国人也有巴西人。不过，日本人说“在日”一般都指“在日韩国、朝鲜人”。所以，著名韩裔政治学家、东京大学教授姜尚中的自传就叫做《在日》，写的是作为韩国移民第二代在九州熊本县出生，少年时候曾不能接受自己的血统而用日本姓名生活，经过大学时期的自我探索以后恢复真名、民族意识以及自尊心的过程。

“在日外国人”当中为数最多的韩国、朝鲜人，连已入日本籍的韩裔人士都算在一起的话，则共达八十六万之多了。其中，跟小时候的姜尚中一样，隐瞒着真实身份生活的人至今也不少。日本社会对韩国小区的歧视，主要是从一九一〇年到一九四五年，日本曾统治朝鲜半岛，当年的宗主国心态直到今天没有消失所致。另外，日本战败后，一九四八年在济州岛发生的四三事件引起以万为计的岛民偷渡到日本来，在大阪、东京等大城市边缘区形成贫民窟，往往只好靠回收废物维生，影响了日本社会对整体韩裔小区的形象。

在娱乐、体育界，虽然许多明星都有韩国血统，但是大部分人用日本姓名活动。比方说，电视综艺节目的“大姐”和田现子、名歌星都春美等，大家都知道她们有韩国血统，但那算是“公开的秘密”，如果有人指出来，即被视为故意进行诽谤了。实际上也有个电视评论员，因为在节目里讲明了一个女星的韩国血统而成为众矢之的，马上被撤职。这一点跟旅日华人的情形明显不同。比方说，棒球界的王贞治一直公开保持着父系的国籍和姓氏，还获得过日本政府颁发的“国民荣誉赏”。但是，跟王贞治同一时期活跃的金田正一、张本勋等韩裔球星，却一直用着日本通名，隐姓埋名地过了一辈子。

大阪市立大学的朴一教授有本著作叫做《我们的英雄

都是“在日”》，文中讲述，自从二战后在日本创始职业摔角的力道山，日本社会的许多英雄、明星都是韩裔人。主流社会的歧视与排斥叫有志气的韩裔年轻人选择能纯靠实力出头的职业，于是日本娱乐、体育界的韩裔比率特别高。这一点恐怕跟台湾原住民的情形有共同点。不一样的是，台湾的原住民艺人在阿妹走红的一九九〇年代以后，很多都公开承认了自己的血统。反之，日本的韩裔明星直到今天还不敢从柜子里出来，因为惧怕失去主流社会的支持。在日韩裔人感到的压力是如此之大。

朴一的书也讲到已故剧作家塚公平。他出身于九州的富裕家庭，名门庆应大学毕业，年纪轻轻就成为话剧界明星而获得种种奖赏，也跟一个接一个美女艳闻不停，可是作品中吐露的倒是特别强烈的劣等感所引发的极大痛楚。他留下的遗嘱说：不要办葬礼、告别式，希望把骨灰撒在日本和朝鲜半岛中间的海面上。连各方面的条件都令人羡慕的塚公平，都被自己的血统和因而受到的歧视折磨到这个地步。至于普通人，更不在话下了。

在日韩裔人，如今很多是第三代、第四代，许多都只会讲日语，也失去了跟故乡的联系。何况由于韩国和朝鲜之间的政治对立，不少旅日人士根本不能回老家去。正如塚公平的遗嘱清楚地表明，“在日”既不是日本人又不是韩国、朝鲜人。复杂的处境不仅折磨人而且迫使一部分人的思想额外深化，结果产生难得的艺术作品。例如柳美里的小说，以及最近颇受欢迎的作家伊集院静的种种作品。尤其是伊集院静，在大地震以后的日本社会几乎扮演着唯一能给年轻人讲人生道理的“大人”角色，《大人的流仪》《作家的玩法》等书都蛮畅销。

二〇〇〇年代以后，日本也掀起韩流。新世代的男女明星都以韩国姓名出现在日本媒体上，并且大受欢迎。对于主流日本社会对韩国明星的热爱，估计“在日”人士的感慨不会单纯。不过，回想长久历史，日本跟朝鲜半岛有不浅的因缘，连明仁天皇都说过：因为曾有个朝鲜出身的皇后，对韩国、朝鲜人很有亲切感。即使是日本并吞韩国的年代，明仁天皇的爷爷大正天皇还学学韩语，跟李王朝的公子保持了兄弟一般的来往。

“在日”是可悲的名词，因为本来该跟在后面的“韩国、朝鲜人”显然被省略掉了，犹如殖民统治时期的“半岛人”或者“本岛人”。正名来得真不容易。

【关键名词】

塚公平

つかこうへい

本名金峰雄，曾就读庆应大学哲学系。一九四八年生于福冈，二〇一〇年因癌症逝世，是日本著名的剧作家与小说家。重要的作品有：《热海杀人事件》《蒲田行进曲》《原子弹在广岛爆炸之日》《幕末纯情传》《向女儿讲述的祖国》。一九七四年，塚公平凭借《热海杀人事件》获得“岸田国士戏剧奖”，成为最年轻的获奖者。一九八二年，他再次以剧本改编小说《蒲田行进曲》获得直木赏。

311 之后，FUKUSHIMA

福岛[福島 ふくしま]

正如冲绳未能回避美军基地，福岛也未能回避核电厂，是权力不平衡决定的。中央政权给偏僻的福岛带来了产业，但是最后污染了环境以及名声，也永远夺去了福岛人的家乡。

二〇一一年三月十一日以前，全世界很少有人知道福岛这个地方。在日本，我们当然都听说过福岛县，是全国四十三县二府一都一道之一。我们也知道福岛在本州东北地方的太平洋边，那里有猪苗代湖，是一千元钞票上印着肖像的野口英世（一八七六—一九二八，日本细菌学家，被日人视为日本医界英雄）之故乡。但是，福岛具体在哪里，到底有什么样的历史，不仅南方九州居民或西边大阪居民，连东京人都不大清楚，因为东京人去东北观光，都是去仙台、盛冈、青森。路上应该经过了福岛，但是印象始终很模糊，所以震灾、事故后听电视新闻说福岛县滨通、中通等地名，觉得特别陌生。

直到核电厂出事以后，许多人才晓得，其实福岛离东京只有二百五十公里，而且我们在首都用的电力原来很多都来自福岛。媒体上有人指出来，曾经常常听说，二十世纪初由于冻害和大萧条给卖到东京花街柳巷来的女孩很多都是福岛人。那种苦难的历史现在说出来令人觉得很不体面，尤其是人家受灾的时候提出来更不合适，所以很快又没有人谈了。不过，我们第一次意识到了福岛向来是受苦的贫困乡村，只是东京人装作看不见而已。

然后，我们听说，在西方媒体上，FUKUSHIMA（福岛）已是家喻户晓的地名了，正如 HIROSHIMA（广岛）、NAGASAKI（长崎）、CHERNOBYL（车诺比）。日本出版社陆续上市有关福岛的书，很多都用片假名写福岛这地名了。除了北海道原住民地区以外，日本地名都是用汉字表记的，以前用片假名写的只有广岛和长崎，也只有强调原子弹造成的破坏时。可见，在日本人眼里，福岛也成了“フクシマ FUKUSHIMA”，被打上了核污染的烙印。

在众多有关福岛的书本中，年轻社会学者开沼博写的《“フクシマ”论——原子能村是为何诞生的》受的评价最高，获得了二〇一一年的每日出版文化赏。作者生长在福岛县，作为东京大学研究生院的硕士论文题目，选择了他家乡接受了核电厂的来龙去脉，在二〇〇六年起进行的调查分析成果事故后紧急出版。学术论文不好懂，但是作者在前言里就揭破“对于东京福岛是国内殖民地”，令人容易理解作者的观点。正如冲绳未能回避美军基地，福岛也未能回避核电厂，是权力不平衡决定的。中央政权给偏僻的福岛带来了产业，但是最后污染了环境以及名声，也永远夺去了福岛人的家乡。只要想起我们曾怎么样看待车诺比，这是再明显不过的，虽然野田首相年底就宣布了核电厂事故已平息。

看着这本书，我最受震撼的是：一九七〇年代核电厂建设开始时，当地人看东京电力公司以及美国通用电气公司职员的眼光是多么充满憧憬、崇拜的。那是因为他们自美国、东京带来了可口可乐、圣诞蛋糕、万圣节烤肉、钢笔等前所未闻的外来文明。不仅当时而直到震灾，东京电力公司为女足队建设的运动设施 J-Village 是当地社会生活的中心，因为周遭没有游乐园、综合商场之类。书中的“回转寿司原子力”“核馒头”等招牌，现在看来似是恶搞，却清楚地记录着国内殖民地居民遭受的待遇。

斜视的世界

伦巴黎[ロンパリ]

另一方面，人体好神秘，一个缺陷会被别的能力补充，犹如盲人的听力往往很敏锐一样。我自己，虽然经常出现视界重叠的复视状况，有时却能看到别人看不到的东西。

我看到的和别人看到的也许不一样，从小就有这样的感觉，因为母亲常常说我的眼神不对劲。“你怎么老斜眼瞪着电视机？多不体面。”但我不是故意的，自己也不知道为什么，想改也改不了。跟别人一样从正面看电视机画面吧，我的双眼很难对准焦点的，容易出现视界重叠的现象。为了对准焦点，要么闭一只眼，或者把头侧过来斜眼看电视机……

照着镜子刷牙、梳头时候，我的眼神是向前看的。可是，我一发呆，左眼珠就自动往左边流动，视界也马上重叠起来，整个世界都变得很模糊。“你这样子叫做‘(ロンパリ lonpari)’（伦巴黎），”母亲告诉我，“一只眼睛看着伦敦，另一只眼睛则看着巴黎。”

“伦巴黎”是日本人指外斜视的俗语。好像是一九五〇年代流行起来的，到现在都被广泛使用。不过，仔细想想，从日本看伦敦和巴黎，都是一个方向，往西。说“伦巴黎”的人应该站在英法海峡上。

斜视的人并不少见。有些人的症状很明显，如果是今天，恐怕小小年纪就被父母带到医院去做手术了。然而，四十年前，我的母亲似乎没想到斜视是医疗的对象。她只是重复地责问我道：“你怎么老斜眼瞪着电视机呢？”叫我觉得好冤枉。

我自己到了七八岁，就开始怀疑“伦巴黎”会不会是医学问题了。但是，在学校里，每学期的视力检查，是用一个黑色调羹般的东西遮盖一只眼，然后检查另一只眼。那样子，永远不会发现双眼调整的困难。再说，我的视力本身也并不比别人差。所以，光看检查出来的结果，一切都正常似的。尽管如此，曾有过一个班主任发觉我的眼睛好像有问题，写个条子劝家长带孩子去——不是眼科医院，而是眼镜店。

那年代的日本配镜师看到小孩进来就认为：不是从父母遗传的近视眼就是看了太长时间电视导致的假性近视。于是他先让我戴上眼镜框，然后换来换去近视用的眼镜片，要决定对我合适的深度。可是，换来换去，我都觉得不大有用。在配镜师看来，既然来了客人，配个眼镜才是。在母亲看来，既然是学校劝告的，非配个眼镜不可。因此配的近视眼镜，跟牛奶瓶底一般厚。更糟糕的是，戴上了那眼镜，我的“伦巴黎”并没有改善，然而教母亲花钱了，不能置之不理。

大学四年级去中国留学以后，我基本上离开了家。之后的很多年，我都没戴眼镜。可是，有斜视，生活上确实有麻烦。最大的问题是开车。因为不善于同时用两只眼睛，判断距离和幅度的能力都很差。在日本仙台当记者的日子里，有一天在丁字路上开车，到了头就要往左拐。事先看右边，没看到别的车子，于是准备转方向盘。谁料到，忽然间有辆出租车从右边开过来，给我撞上了。到底是怎么回事？是“伦巴黎”惹的祸，还是我的大脑有问题？总之，我后来再也不敢开车了。

另一方面，人体好神秘，一个缺陷会被别的能力补充，犹如盲人的听力往往很敏锐一样。我自己，虽然经常出现视界重叠的复视状况，有时却能看到别人看不到的东西。比方说，在视野边角发生的事情，一般人是注意不到的；我则因为本来就对不准焦点，边角上发生的事情也一样能留下印象。这谈不上是什么特殊能力，只是玩“威利在哪里？（Where's Wally？）”时，很少有人能打赢我罢了。

过了三十岁，我从旅居地加拿大要搬到回归中国前夕的香港，中途经过故乡东京，逗留了三个礼拜。就是在那期间，跟一个老朋友约见，我去了新宿纪伊国屋书店大楼。因为时间过早，先逛逛一楼通道两边的小商店。

“你双眼很辛苦吧！”有人跟我说。原来，我站在一家眼镜店外面，跟我说话的显然是那家店的配镜师。一看，我就发觉那个人的眼睛也跟我一样“伦巴黎”，而且歪得比我还厉害。“你没用过棱镜片吗？不妨试一试。”于是平生第一次戴上棱镜片，我感到的冲击，简直跟亲身体验了奇迹一般。好比有看不见的两根指头，从左右双边轻轻地压着我的眼球，平时习惯性地往外流动的左眼球，现在则乖乖地和右眼球并排着呢。

再说，那天他检眼用的工具也比我小时候进步了许多，很快查出来的结果是："你右眼有近视，左眼则是远视，两边都还有散光。恐怕是左右不平衡导致的斜视。我估计，你看远处时用左眼，看近处时用右眼。"也就是说，切换远处和近处，左眼和右眼之间，会发生短暂的时差和自己都发觉不到的死角。那次在仙台撞了出租车的始末，我终于开始明白其所以然。

当时，我算是在旅途上，不大适合配眼镜的。毕竟，棱眼镜需要特殊加工，得等三个星期才能完工。可是，我心想，若错过了这个机会，很难说下次何时何地再能碰到像他一样能理解"伦巴黎"苦楚的配镜师了，所以，我还是当场配了眼镜。那天回家我就告诉母亲说了："原来，我右眼是近视，左眼是远视，恐怕是左右不平衡导致的斜视。幸亏，现在有棱眼镜能解决我的问题了。麻烦你过三个星期去领货给我寄到香港来。"

如果那天在新宿纪伊国屋书店大楼没碰到魔术配镜师的话，我后来写作过日子肯定困难多了。而且他配得特别准，后来的十多年时间一直能用上。过了四十岁，很多人开始有老花眼。我自己，本来就有近视、远视、散光，加上"伦巴黎"，到了中年自己的眼睛究竟处于什么状况，连想都不敢去想象。可是，裸眼上街，原先能看到的路牌变得很模糊了。戴着棱眼镜上课的时候，看着学生名单点名，却有人举手说："老师，您忘了点我的名字。"不是忘记，是没看到，恐怕他名字埋没于我左眼和右眼之间的死角了。总之，需要配个新眼镜了。

我天生属于乐天派，毫不怀疑地相信：这些年来，世界的进步挺大的，日本眼科和眼镜店的水平也一定跟我小时候不一样了吧。反正，家里有小孩需要照顾，去趟新宿嫌太远，在家附近配配看吧。

然而，去家附近新开的眼科医院，三十出头的男医生就是听不进去我所说的"斜视"一词。看着我双眼，他重复地说："很轻微的，不称斜视，该称斜位。"称什么也好，我就是要他给我配个棱眼镜。可是，"棱镜？你不会需要的。现在年纪大了，需要的是读书镜。"总而言之，很难沟通。

于是，换到第二家，去了五十岁左右的女医生开的眼科诊所。很遗憾，她对我的双眼也很不耐烦。"你裸眼上街看不清楚路牌，是因为近视，需要配个近视眼镜。""但是我也有远视、散光，还有斜视。现在年纪大了，好像需要——"我还没有讲完，她已经开着处方宣布："我给你配一个近视眼镜和一个远视眼镜。这样你该满意了。再见。"简直像我来麻烦她似的。

然后，我在日本报纸上，看到一本新书叫做《视觉能恢复》（*Fixing My Gaze: A Scientist's Journey Into Seeing in Three Dimensions*）。作者是美国的神经生物学者。她自己从小有严重的斜视，只能用一只眼看东西，世界永远平坦，然而中年以后经过训练获得了立体视的能力。我马上买来这本书看，觉得好兴奋。大家都说我的“伦巴黎”很轻微，可是立体视能力明显比别人差，下楼梯时非得抓住扶手不可，否则真觉得“没把握”，随时都会跌下去。既然有美国人中年获得了立体视能力，我在日本也不见得不可能接受类似的训练吧？

当时由于东日本大地震，大学在停课，我趁机去较近的大医院见眼科主任。然而，六十多岁的大夫听着我讲“伦巴黎”啦、立体视能力啦、美国的神经生物学者啦，马上开始不耐烦起来，说：“你要我治老花眼啊。不可能！”“不是老花眼，是斜视，不能治也好，有没有可能接受训练？”“你有外斜视嘛。尽量用两只眼看自己的鼻子吧！”

后来，我找到了还不错的配镜师，帮我配了近距离和中距离两用的棱眼镜，挺管用的。于是我发现，至少在日本，“伦巴黎”的守护神不是眼科医生而是配镜师。他们会使连医生都不会使的魔法：棱镜片。

和制意大利语

[NAPOLITAN]

许多人去了意大利，发现那不勒斯其实没有spaghetti napolitan。但是，那发现并没有影响它在日本社会的地位。也许是行为动物学所说的“铭印”都说不定，日本人就是认定spaghetti是以napolitan为标准的。

日本人喜欢吃的外国菜，第一名是中餐，第二名则是意大利菜，而正如日本中餐里的大明星是“（日式）拉面”一样，东瀛最受欢迎的意大利菜也是日式意大利面条。其中最早普及也最有名气的品种就是spaghetti napolitan，即那不勒斯式意大利面。只不过，“那不勒斯式”用意大利文写来应该是napoletano，若用英文也是neapolitan。至于napolitan，该说是“和制意大利语”了。

那不勒斯王国的历史追溯到古希腊时代。那不勒斯菜的历史也一样悠久。但是，英语说那不勒斯式酱（neapolitan sauce），一般就指用西红柿煮成的酱料，即西红柿糊（tomato sauce），虽然发祥于南美大陆的西红柿到了十八世纪才被意大利人接受。

日本人爱吃的 spaghetti napolitan 也是西红柿味道的。然而，用的不是正宗那不勒斯式西红柿糊，而是从美国传来的西红柿酱（tomato ketchup）。也就是说，头号日式意大利面的故乡不是那不勒斯，而是美国，具体而言，起源于太平洋战争结束后不久的一九四五年八月三十日，从菲律宾飞到日本来的道格拉斯·麦克阿瑟美军元帅，最初下榻的横滨 Hotel New Grand。

那是家老资格的高级饭店，创业于一九二七年，曾经有许多名人，如演员卓别林逗留过。可是，二战末期，日本经济极其窘迫，食品供应也几乎断绝。据传说，当麦帅投宿时，饭店厨房的冰箱里只有鳕鱼和鲸鱼肉。于是，美国占领军只好把航空带来的野战食品发放出来，其中就有意大利面条和西红柿酱。如果在和平时期，相信美军厨师也会打开西红柿罐头，泰然自若地跟碎蒜头、碎洋葱一起在橄榄油里煮个片刻，然后把热腾腾的那不勒斯式西红柿糊倒在刚刚出锅的面条上供给元帅吃，也不会忘记搁点帕马森干酪。然而，那是个非常时期，他只好把本来配汉堡包、炸薯条吃的酸甜浓郁西红柿酱，直接从 HEINZ 的瓶子里倒入平底锅中，跟事先煮熟的面条匆匆拌了一下就上桌。那是一种名副其实的野战食品。然而，由面临着饿死的战败国人民看来，它多么充满营养，多么奢侈，多么高级！后来，Hotel New Grand 的厨房正式把它命名为 spaghetti napolitan，当美国占领军撤退以后，作为高级西餐开始向日本消费者供应了。

Hotel New Grand 毕竟是家高级饭店，很快就学会了正宗意大利菜的做法。所以，今天去那家饭店的西餐厅，所提供的 spaghetti napolitan 早已是用那不勒斯式西红柿糊来做。可是，日本街上的许多“洋食屋”卖的，十年如一日都是西红柿酱味道的意大利炒面，一般含有洋葱丝、青椒丝、洋菇片，以及火腿或香肠或培根。伙计端过来的时候，盘子边也一定会放上卡夫（KRAFT）牌起司粉和塔巴斯科（TABASCO）辣椒酱的瓶子，否则客人会觉得这家店太小气了。说实在，我这一代的日本人平生第一次尝到西红柿酱、起司粉和辣椒酱，都是在“洋食屋”吃 spaghetti napolitan 的时候。

虽然二十世纪初期的日本已经有进口的意大利面，但是价钱昂贵，远远轮不到老百姓的嘴巴来吃。战后美军占领时期，多数日本人仍然挨着饿，spaghetti napolitan 等西餐是只能憧憬的高级食品。到了一九五〇年代中期，美国开始向日本出口大量小麦，并透过媒体大力宣传吃面食比起吃米饭在营养学上的优越性。果然，我小时候的一九六〇、一九七〇年代，公立小学和初中供应的午餐，主食一定是美国小麦粉做的面包或者面条，其中就有以鱼肉香肠代替火腿的 spaghetti napolitan。那整整九年的学校午餐中，竟然连一次都没有出现过国产大米饭。那显然是当年日本政府奉行美国大哥的意思去执行的国策。

一九五五年，两家日本公司“Ma Ma Macaroni”和“Oh My”的国产意大利面条前后上市，为了推销，在全国各地的食品店门口展开了试尝会。公司派来的女性宣传员，在电炉上放下平底锅，把事先煮熟的意大利面条用西红柿酱调味，再投入一点蔬菜、熟肉炒了一下，然后请顾客尝味。那做法跟麦帅的厨师在 Hotel New Grand 匆匆弄的野战食品一模一样。就那样子，曾经代表富裕美国的 spaghetti napolitan 终于进入了日本家庭。一九五九年，丘比公司出售了罐装的西红柿肉酱，是弄热以后可直接倒在意大利面上吃的。从此日本人知道了 spaghetti 是除了 napolitan 以外，还有 spaghetti meat sauce 的。

一九六五年，日本的西红柿酱总产量是两万七千多吨；到了一九九〇年，则达到十一万多吨，二十五年内翻了两番。那恰巧是日本的高度经济成长期，西红柿酱消费量跟 GDP 同步增长，美国的连锁汉堡包店一家一家地开门所导致。日本人以为西红柿酱就是美国的味道，根本不晓得英文里的 ketchup 一词其实充满着异国情调：从英国传到美国之前，这个词原先指的是东南亚产的鱼露，恐怕还要追溯到闽南语的“鲑汁（ke-chiap）”！

一九八〇年代后期的泡沫经济时代，日本很流行去国外旅游。许多人去了意大利，发现那不勒斯其实没有 spaghetti napolitan。但是，那发现并没有影响它在日本社会的地位。也许是行为动物学所说的“铭印”都说不定，日本人就是认定 spaghetti 是以 napolitan 为标准的。

从那年代起，另一种日式意大利面条也开始流行了。那是以鳕鱼子面为首的酱油味意大利面条。东京涩谷有家面馆叫“壁穴”，老板从一九五八年创业起就开发符合日本人口味的菜式，如：纳豆面、海胆面、蛤蜊面、明太子面，等等。吃“Ma Ma Macaroni”或“Oh My”牌意大利面长大的一代人，例如一九四九年出生的村上春树，成年以后单身生活的日子里，往往煮意大利面当主食，乃归功于美国大哥的灌输。他们天天都把意大利面当饭吃，所以需要有多个花样，除了 napolitan 和 meat sauce 以外，也开始弄各种酱油味意大利面吃了。

今天，日本流行的意大利面，除了上面提过的几种，还有 carbonara（鸡蛋、培根、黑胡椒），peperoncino（辣椒）、pesto（香蒜酱）等等。无论在大城市还是在小镇，街上多的是意大利面馆，而且如今任何一家便利店、超级市场都有卖好几种的铝袋装酱料。我在网络上发现有个日本人着迷于铝袋装的意大利面酱，不知不觉之间尝过了超过七百种，每一种都是日本制造，其中大多为正宗意大利菜式，只有约四分之一是日式的。

事到如今，spaghetti napolitan 的市场占有率逐渐低落。可是，当它开始消亡之际，就有人出来写专书，或者开网页标榜 napolitan 啦啦队。虽然一般的日本人都不知道 spaghetti napolitan 追溯到美军野战食品的来历，但是西红柿酱那酸甜浓郁的味道确实会刺激日本人的共同潜意识，也引导出来对一个时代的乡愁。

任何两地，都可以拉一条线联结

南京玉帘[南京玉簾 なんきんたますだれ]

当年日本人把外国人统称为唐人，而把众唐人又分为荷兰（西方）和南京（中国）。所谓“南京玉簾”，其实就是“连南京都没有的神奇帘子”的意思。

1

大陆的土豆是台湾的马铃薯，台湾的土豆是大陆的花生米。日本人把花生米（也就是台湾的土豆）叫做“南京豆（なんきんまめ nankinmame）”，是去了壳，但还带着薄皮的。还在壳儿里的，日本人叫“落花生（らっかせい rakkasei）”。薄皮都去了的，则称之为 peanuts；凡是美国占领军带来的东西，都直接用英语称呼，如：butter peanuts（奶油花生米）、peanuts butter（花生酱）。

江户时代（公元十七到十九世纪，一六〇三—一八六七）的日本人，曾把中国称为“南京”。从中国进口的舶来品，尤其是小巧玲珑的好东西，经常用“南京”一词儿来形容了，如：南京豆、南京米、南京锭（锁）。二十世纪初日本的童谣诗人金子美铃，一九三〇年自尽之前，最后留下的笔记本题为《南京玉》，乃琉璃珠的意思。她婚后被丈夫禁止写作发表，于是把当时刚满三岁的女儿说的话一句一句地记录下来，编成了自家诗集《南京玉》。由女诗人看来，从宝贝女儿嘴里出来的话，好比是一颗又一颗的琉璃珠，就像把琉璃珠用线串起来就成为漂亮的项链一样，一句又一句的儿语串起来亦成为可爱的诗集。

南京烧（中国陶瓷）、南京糖（中国糖果）、南京船（中国船），等等，从江户时代到昭和初年（一九二〇年代）的日文词汇里，有许许多多名词都冠着南京的地名。连中国来的人都被称为南京先生（なんきんさん Nankin-san）了。记得一九一一年出生的姥姥曾告诉我，第二次世界大战以前，在她居住的东京东部小镇，有个南京先生开的理发店。“他不仅剪头发，还掏耳朵呢，真是舒服极了。那种手艺嘛，日本理发师从来没有的。所以，男女老少都排队请南京先生掏耳朵去了。”

一九二八年，野口雨情作诗，中山晋平作曲的《南京言葉（南京话）》发表，收录于一九三〇年出版的《日本童谣曲集》。野口雨情是日本三大童谣诗人之一，其他两位则是北原白秋和西条八十。《南京言葉》道：南南南南，南京先生，南京先生的话儿是南京话，啪啪啪啪噼噼噼，噼噼呀噼噼，噼噼啪。这首童谣表达的，主要是小孩子对外国人很淳朴的好奇心，并没有蔑视。

然而，一九三一年发生“九一八事变”，之后长达十四年的侵华战争使得两国民众之间的和平交流无法继续，从日语里也消失了南京先生、南京玉等可爱的词儿。今天，仍冠着南京这一地名的日文名词，好像只有“南京豆”和“南京町”（唐人街），以及在日本已几乎绝灭了的“南京虫”（床虱）。一九二一年作为大阪每日新闻社特派员去中国旅游了五个月的芥川龙之介，回国后发表的《上海游记》里写：在上海天蟾舞台坐藤椅鉴赏京剧，结果被南京虫咬得好痒。那可是整整九十年前的事了，我两年半以前去同一家戏院看京剧，如今干净得很呢，虽然隔壁书店不知为何很破旧，那天从天花板漏着雨水。

对了，今天的日本，还有“南京玉簾（なんきんたますだれ Nankin-tamasudare）”。

2

“南京玉簾”是日本传统曲艺的一种，却不像“落語(らくご rakugo)”（相声）、“講談(こうだん koudan)”（评书）那样在剧场里表演的，而向来属于专门在户外演出的“大道芸(だいどうげい daidougei)”（街头艺术）。据说，江户时代，来自越中国（现富山县）的药商，到了京都、大阪、江户等大城市，在河边桥头广场找个地方，先表演此类曲艺来吸引行人，然后贩卖商品。也就是说，“南京玉簾”最初是十七、十八世纪日本药商为了推销而演出的广告节目。

所谓“南京玉簾”，其实是用细竹编成的帘子，标准长度为一尺（三十三厘米），因为部分结扣会活动，整个帘子能变形。表演者以独特的调子说唱着，要竹帘显示出各种形象给观众看。流传到今天的歌词如下：

那么，那么，那么那么那么那么，那么呢，南京玉帘子。稍微伸长，稍微伸长，看似浦岛太郎（日本传统童话人物）的鱼竿了。稍翻过来，稍翻过来，又像濑田唐桥（日本三名桥之一）了，只差唐金宝装饰，恳请各位多见谅。那么，那么，那么那么那么那么，那么呢，南京玉帘子。稍微伸长，再翻过来，就像老家牌楼了，稍动一下，稍动一下，又会变成烧炭屋，看见没？那么，那么，那么那么那么那么，那么呢，南京玉帘子。东海道有五十三站，中山道有六十九站，每个驿站不能没有荞麦面馆的招牌了——

诸如此类，看来普通的竹帘子一会儿变形为日本人端午节时候升的鲤鱼旗啦、阿弥陀如来像啦、武士戴的头盔啦、阴历十五的圆月啦、纺车啦。新派节目也包括东京塔啦、日美两国国旗，等等。

直到今天，每逢元旦假期等吉祥日子，日本各地的寺庙境内，经常能看到穿着用银丝金丝织成的抢眼古代服装的街头艺人，户外演出着“南京玉簾”，被来拜年的善男信女围上的场面。笔者居住的东京西郊国立市，就有历史追溯到公元十世纪初的谷保天满宫，每年一月初的几天，都在纪念平安时代文章博士菅原道真的梅林里，有个老先生演出“南京玉簾”。

这都是日本有全国性组织“南京玉簾協会”，极力普及这种传统曲艺的缘故。该协会的活动包括：出售戏装、道具、光盘教材，募集各地演出的参加者，举办讲习会，举行全国比赛（个人赛和团体赛）等。据协会网站统计，目前日本共有七十九所“南京玉簾”教室。二〇一〇年，协会的五十五名会员赴上海参加世博会演出，也赴夏威夷参加了檀香山文化节。

3

那么，那么，那么那么那么那么，那么呢，南京玉帘子，它到底跟中国的南京有没有关系？表演用的竹帘之所以被称为南京玉帘，是因为早期的开场白中有这么一句话：“最近，在京都、大阪、江户三城都颇为流行，唐人、荷兰、南京无双的玉帘子，乃三十六根细竹和七十二个结扣展现出来的神通自在表演也。”可见，当年日本人把外国人统称为唐人，而把众唐人又分为荷兰（西方）和南京（中国）。所谓“南京玉簾”，其实就是“连南京都没有的神奇帘子”的意思。

尽管如此，凡是日本的传统文化活动，都多多少少受着古代中国的影响，“南京玉簾”也并不例外。根据日本南京玉帘协会，此类曲艺的公认发祥地为富山县五个山地区，具体而言是砺波郡平村上梨白山宫。五个山邻接岐阜县白川乡，以传统建筑合掌造①闻名国际，因此这一带的聚落一九九五年被选为世界文化遗产了。

协会认为，“南京玉簾”的原型是，演唱五个山民谣“筑子節”（亦写成“小切子節”，日语均念成“こきりこぶし kokiriko-bushi”）时候用的传统乐器“簓”（亦称“编木”）。簓是古代从中国传过来的拍板在日本发展成独特样式的打击乐器，是由一〇八张小竹片（或者木板）的一端用线连接成刷子状，然后在前后两边加了把手的乐器。在五个山地区，簓除了用来当乐器以外，还当作辟邪物。总之，用双手扭着摇动起来，一〇八张竹片产生多米诺骨牌般的效果，发出来的节奏和声音都比普通响板复杂许多，而且整体大小和形状，确实都跟“南京玉簾”颇相似。

有关簓，最早的史料出现于公元七世纪，后来主要在“田楽（でんがく den-gaku）”，即祈祷稻米丰收、子孙繁荣的民间活动中使用。“田楽”的歌舞节目相当丰富多彩，有穿着华丽戏装吹笛子、打腰鼓、耍簓、踩高跷等。显然跟中国的秧歌，无论在意义上还是在形式上，都有不少共同点。日

① 合掌造：指日本一种特殊的民宅形式，特色是以茅草覆盖的屋顶，呈人字形的屋顶如同双手合十一般，于是被称为“合掌”。——编者

本另一处世界文化遗产，位于和歌山县的熊野那智大社，至今每年七月例行的赛会“扇祭”（亦称“那智火祭”），就有个环节是给神仙奉献“田楽”的。专家指出，那智“田楽”是全日本保留着原始风格最完整的“田楽”。由簓手四名，腰鼓手四名，童子两名，共十个人随着龙笛的旋律跳的舞蹈，据传说是十五世纪初来自京都的“田楽”法师传授给当地人的。

古老的“田楽”照旧原样流传到今日的例子并不是很多，因为历史上，它一方面发展成了在舞台上演出的“能楽”，另一方面则发展成了盂兰盆节晚上民众在户外集体跳的“盆踊”。在日本各地的神社庙会，盆踊等场合，至今还偶尔出现拿着簓唱歌或跳舞的节目。虽然当事人往往不自觉，但是他们其实继承着“田楽”的传统。东京非常著名的浅草神社，每年夏天举办的三社祭，也有为祈祷五谷丰收，跳“簓舞”的习俗。

另外，日本便利店的收款机边，常常摆放着方锅卖的小吃关东煮或者“御田（おでん o-den）”（黑轮），其名就取自“田楽”，因为把豆腐、蒟蒻等材料串在竹签上的样子看起来很像“田楽”里的踩高跷。可见，“田楽”的传统在日本的民间文化中，一直到今天都发挥着根深蒂固的影响力。

4

靠近日本海的富山县，离中国大陆是一衣带水之地，自古直接受着华夏文明的熏陶，有关中药的知识也较早传播到。据历史记载，当地十六世纪已经有中药商的同业公会就叫做“唐人之座”。不仅如此，现在的富山市一带，当年有座小出城，乃姓唐人名兵库的武士奠基的。姓唐人的，似乎无疑是来自中国大陆的家族。

果然，富山产药品特别有效。一六九〇年，江户城里有位大名（诸侯）闹急性腹痛，正好富山藩主前田正甫也在座，给他吃了故乡特产返魂丹，结果一下子医治好了。从此，富山药席卷了全日本。物流未发达的当年，俗称为“売薬さん（ばいやくさん baiyaku-san）”（卖药先生）的富山药商是徒步到全国各地行商去的。他们扩大客户的方法是所谓“先用後利（先用药后收钱）”，乃装了一套常用药的急救箱放在顾客家，然后每半年去收款并补充已用完的药品。这种营销方式叫做“越中富山之置药”，不仅在日本一直持续到了二十一世纪，也曾经卖到殖民统治下的台湾，而且最近还介绍到蒙古、泰国等国家去了。

富山县在日本药品业界历来享有很高的地位。该县人口才一百多万，连日本总人口的百分之一都不到，然而县里共三千零四十家制药公司生产的药品总额，倒是全国四十七个都道府县当中的第二名。而且当地有日本唯一的中医药研究所：国立富山大学和汉医药学综合研究所。可以说，中药传统在富山县绵绵连续到今天。

所以，虽说“南京玉簾”跟中国南京并没有直接的关系，但是个中的因缘还是蛮深远的。也许可以说，在地球上存在的任何两个东西之间，都可以拉起一条线。例如，富山县五个山民谣“筑子節”和自尽之前留下了私家诗集《南京玉》的金子美铃之间。

在日本，“筑子節”是初中音乐教科书都刊载的著名民谣，有人更称之为日本最古老的民谣。不过，民谣其实是十九世纪末，民俗学者把德语 Volkslied 以及英语 folk song 翻译成日语而做的新词。虽然有些歌曲的历史确实很悠久，但也有部分民谣是一九三〇年代，之前以童谣闻名的中山晋平、藤井清水、野口雨情、西条八十等人创作的。根据五个山村政府的网站，“筑子節”源自古代“田楽”，然而到了二十世纪初，已经甚少有人唱，一度面临了失传危机。那个时候，具体而言是一九三〇年，名诗人西条八十来到五个山，说要采风当地老歌。就那样，“筑子節”不仅复活起来，而且后来在日本全国都出了名。

一九三〇年，在日本近代史上，是“大正摩登”“大正德谟克拉西（Democracy）”的社会风气消亡，即将进入军国主义时期的转折点。一九二〇年代曾写新诗，创办《童谣》杂志，成为金子美铃之偶像兼导师的西条八十，到了一九三〇年就停止写充满自由主义精神的作品，从此改写新民谣、流行歌曲，甚至军歌了。那一年美铃自尽，显然有特定的时代背景。芥川龙之介早在三年前就已经先走了。

一九二九年的作品《东京进行曲》是西条八十的流行歌曲代表作之一。第四段开头的歌词充满着小资情调：“看电影吗？喝茶吗？还是乘小田急私奔去？”然而，初稿阶段的内容风格则不同：“留长发的马克思少年，今天又带红色恋。”词中的“红色恋”指的，不外是俄国的女性共产主义者柯伦泰（Alexandra Kollontai，一八七二—一九五二）写的小说，以标榜性解放闻名的《赤恋》。当时日本警方对左派分子的取缔已经非常严，西条被要求改写歌词。军国主义风气日趋弥漫于日本社会，连流行歌曲都无法自由创作了。于是一九三〇年代初的西条八十，一时埋头写了多首新民谣。其中有至今在日本各地的盆踊节上一定听得到的《东京音头》（一九三三）。

西条出生的时候，给他取名的父亲希望儿子一辈子都不必吃苦。所以，他名字里没有跟“苦”谐音的“九”，却只有“八”和“十”。果然，西条八十特别懂得回避苦头，似乎自然而然地随着时代风气而改变自己。“七七事变”以后，他就写《支那之夜》（一九三八）、《苏州夜曲》（一九四〇）等“大陆歌谣”，以及日本最有名的军歌《同期之樱》的原作《战友之呗（二轮之樱）》（一九三八）。那个时候，南京这地名在日本人脑海里唤起的影像，恐怕也跟早几年很不一样了。

二十一世纪的今天，日语词汇里找不到可爱的“南京玉”“南京先生”，但是至少还有“南京豆”和追溯到江户时代的“南京玉簾”。而只要仔细一点地去探讨它的历史，我们也能够发现：从中国传过来的中药，由富山“壳薬さん”营销到日本各地去；在江户等大都会推销之际，他们把古老“田楽”使用的打击乐器簓改造成细竹做的“南京玉簾”，借其异国情调和乡土气息，吸引了城市居民。只可惜，如今在日本甚少有人知道这些往事。

【关键名词】

西条八十

さいじょうやそ

一八九二年生于东京，卒于一九七〇年，早稻田大学英文系毕业。诗人，作词者。他是日本诗坛的象征主义诗人，曾与日夏耿之介、萩原朔太朗、佐藤春夫等组成大正诗坛上的艺术诗派。在儿童文艺志《赤鸟》发表多篇童谣，与北原白秋并称大正时期代表性的童谣诗人。重要作品有诗歌《我的帽子》、歌词《苏州夜曲》，与《西条八十诗集》等书。

卷三

男男女女

社会自由化时代

就活[しゅうかつ] 婚活[こんかつ] 终活[しゅうかつ]

如今的世界凡事要自由化，岛国人民也唯唯诺诺赶潮流，但是“就活”中的大学生往往感到绝望，“婚活”中的年轻人则充满焦虑，至于“終活”中的老年人个个都像为广大社会牺牲小我的殉教者。

日本的大学生，一年级同学和三年级同学有完全不同的外表。刚刚入学的新生，终于摆脱了多年来的升学压力，忽然拥有一辈子最高的自由度，非好好享受不可，于是纷纷去涩谷、原宿买时装，也去流行美容院弄头发，要表现出与众不同的个性来，人人都像是娱乐圈新人的样子。然而，过两年上了三年级，大家都染回黑头发，个个都穿上黑色西服套装，也带着黑色公文包。“难道已经上班了？”“不是啊。在‘就活’！”

“就活(しゅうかつ shukatsu)”是“就職活動”的简称。日本的大学生，一般来说三年级的下半年就开始搞“就活”。首先在网络上寻找合意的公司，然后登记参加“采用说明会”，跟着是学力测验了，唯独通过了笔试的人才被邀请来面谈，也不止一次两次，往往得通过好几层的面谈以后方能得到一份工作。整个过程最短也需要半年，有时要持续一年半或更长时间。假使中途遭到了拒绝，又得从头开始了。

这个双六棋盘，到底什么时候能“和”，除了靠个人能力和运气之外，还得靠经济景气等外在因素。遇上了萧条，连最优秀的学生都很难达到面谈阶段。好不容易赢得了面谈机会，绝不想由于外表不佳而被嫌弃，于是大家都穿上最标准的“就活”套装，带上最正派的“就活”包。结果，每人都显得一模一样，根本没个性可说。新生时期对个性的热烈追求究竟丢到哪里去了？

最初网络上登记的时候，要交出电子 entry sheet（登记单），如果写得不好，连参加“采用说明会”的权利都得不到。有些人写了几十次都没有结果。因而出现了“就活”补习班，教大学生怎么写有魅力的登记单。当然是收费的，搞不好还会骗钱。

以前，日本大学生是上了四年级以后慢慢开始找工作的。直到一九九〇年左右，大学生在同龄人口中占的比率相对少，日本的经济景气又长期不差。为数不多的精英分子在景气好的社会里找份工作，成功率自然会很高。可是，现在，超过一半的高中毕业生都上大学，使得学士文凭失去了“物以稀为贵”的价值。同时，日本经济一直面对着困难。换句话说，人才供应越来越多，人才需求倒越来越少。难怪，今天的大学生要早早开始找工作。

当年跟现在，还有个很大的区别是网络的存在。从前的大学生到了就职的季节，先去大学“就职科”问问有什么样的招聘启事，然后要么直接去参加“采用说明会”，或者打电话给公司人事科约见。也有学生获得导师的推荐，直接“保送”到特定的公司任职了。那些就职途径，都是通过人对人的沟通，互相了解，彼此下结论的。反过来看今天的“就活”，同学们大部分时间都孤独地坐在家里的计算机前耗费心神，最后往往单方面地遭拒绝。虽然网络带来了许多便利，但是结果产生的孤独感也会非常难堪。

家庭社会学家山田昌弘因一九九九年发表《单身寄生虫的时代》一书而出名，二〇〇六年又以“格差（かくさ kakusa）社会”（落差社会）一词获得了日本流行语大赏。他对社会生活观察及分析之敏锐，可以说是有目共睹的。二〇〇八年，山田跟记者白河桃子共同出版了《“婚活”时代》。文中他说，正如这些年的大学生非得搞“就活”才能找到工作一样，今天的日本年轻人除非搞搞“婚活（こんかつ konkatsu）”，否则恐怕一辈子都不能结婚。

山田的论说很有说服力。他说，“就活”和“婚活”其实是同一项变化必然带来的后果。那变化就是社会的自由化。从前的日本人很不自由：大多数人中学毕业以后，自动继承了父亲的职业。大学生也基本上按照导师或前辈的意思去就职了。当年很少有人自由选择职业，但是也很少有人找不到工作。至于女性，曾经更没有选择职业的自由，只好唯唯诺诺听从父母之命嫁人了。可同时，那年代也甚少有女性找不到对象，广大社会亦没有少子化问题，都是因为没有选择。当年，日本男性都不必自己去追对象，因为总会有亲戚、上司、邻居来提亲，不管多么被动内向的男性也娶得到太太。

今天大学生找工作难，一般都说是升学率提高、经济不景气所致。山田指出：还有个因素就是两性平等，女性都上大学，出社会工作了。以前是少数男性跟少数男性竞争，现在是多数男女跟多数男女竞争。找一份工作，自然难多了。

他也说：少子化的原因是非婚化，今后大约四分之一的日本人一辈子都不结婚了。这非婚化又是恋爱自由化导致的。直到一九八〇年代，社会共识是：恋爱应该以结婚为前提，否则不道德。现在，两个大人谈恋爱，谁也管不着。可以不结婚就不结婚的结果，越来越少有人要结婚了。同时，有工作的女性，经济上能维持自己的生活，对婚姻没有紧迫的必要。

因为可要可不要，她们对男性的要求越来越高了。具体而言，日本女性要求男方的收入比自己多出一倍才肯结婚。她们说："要不然，为了生育辞职时，不可能保持跟婚前同一水平的人均收入嘛。"可是，收入那么高的男人，在同一个年龄段里连百分之五都不到，而那些钻石王老五早就给别人抢走了，没剩下呢。

山田昌弘造新词"婚活"，要强调的是：以前社会规矩多，结果大家自然能够结婚；现在社会自由化了，结果非得主动想办法才能结婚。“婚活”的主要内容则是调整对婚姻的观念。社会变化了，观念也非改变不可。自由化社会里不会有白马王子来接你，也没有大和抚子（传统温柔文静日本女性的代称）等着你。如何相爱，怎样生活，想想这些问题，找出答案，并且身体力行，就是“婚活”。真不容易。

日本社会没有了规矩的结果，非做不可的其实不仅是“就活”和“婚活”，如今还有“終活（しゅうかつ shukatsu）”了。“終活”跟“就活”谐音，指的是：生前为自己准备好后事。从前的日本，无论谁去世，都有一套默契大家遵守去办白事。具体而言，是联络殡仪业者来医院，用灵车把遗体运回住家，在和式房间里摆设灵堂，请和尚来念经，并由家人亲戚守夜。第二天或第三天下午举行葬礼，然后把遗体运到火葬场，家人亲戚把骨灰带回住家，请和尚为死者取个法名。问题是第二次世界大战以后的日本人，越来越失去宗教信仰。平时不拜佛也不拜神，到了家里有人去世才临时抱佛脚，不仅自己都觉得没道理，而且嫌付给和尚的酬金太贵。

进入二十一世纪后，社会结构都跟从前不同；很多人过了八十岁才往生，这时离他们从职业岗位退下来有将近二十年。许多老同事、老知己要么已经不在了，或者年纪太大不方便前来烧香了。再说，高龄化和少子化的结果，多数老人独自生活，分居的孩子们对高龄父母的朋友关系不太能掌握。加上，都市化导致了街坊组织面临崩溃，从前一有白事就自动来帮忙的邻居们，如今个个都关在公寓铁门里面，平时也很少有来往，有时连名字都不知道，举行传统形式的葬礼谈何容易。

那怎么办？日本越来越流行的“直葬”，其实就是取消葬礼，把遗体从医院直接运到火葬场去，省掉宗教典礼，也省掉社会仪式。一个人从人间消失了，除了几个家族亲戚以外，谁也不会知道。不请和尚，不需要法名，遗族能省掉费用。但是墓碑呢？买一块墓地花费很高，而且少子化时代不一定一直会有后代来扫墓，还是可省就省为好。如今有的是公司经办“散骨”（海葬）或“樹葬”（把骨灰埋在山地，上面种一棵树作为纪念）呢。

所谓“終活”实际上就是事先表明：谢绝葬礼、谢绝送殡。同时留下有法律效力的遗嘱来指示如何分配或处理遗产和遗物。全球化的二十一世纪，在日本常听到的口号是：自我责任。政府应该越来越小，福利也应该越来越少，能自己解决的，千万不要给别人或公家添麻烦。死后更不要期待别人给你办白喜事了。

虽然有人说，“終活”也可以生前举行一次派对，在欢乐的气氛中向朋友家人道谢告别，可是却只有少数名人才举办过“生前葬礼”。因为普通人不好意思让别人为自己花钱花时间，普通人也心底下希望能参加传统形式的葬礼。原来，传统葬礼有“終活”的因素，让人直接向故人告别，同时也让人为自己生命之终结慢慢做心理准备。今天流行的“終活”，表面上看来是替别人省麻烦，实际上倒剥夺了他们为故人悼念并体会人寿有限的机会。

强调个人责任的美国式自由主义，背后有新大陆人民为自己的理想，亲手开拓荒野生存下来的历史。日本则是古老的岛国，居民一贯以和为贵，互相依赖彼此妥协生活过来的。如今的世界凡事要自由化，岛国人民也唯唯诺诺赶潮流，但是“就活”中的大学生往往感到绝望，“婚活”中的年轻人则充满焦虑，至于“終活”中的老年人个个都像为广大社会牺牲小我的殉教者。

两性的无性化

草食系[草食系 そうしょくけい]　肉食系[肉食系 にくしょくけい]

“草食系男子”的增加并不意味着两性的中性化，而意味着两性的无性化。如今的日本年轻人不分男女都以“草食系”为主，对恋爱、性生活不大有兴趣，宁愿回家跟妈妈、姐姐一起吃甜品。

曾经以玉女写真为最大卖点的日本周刊杂志，最近纷纷推出“中高年性爱”专辑，令人有三十年河东、三十年河西的感慨。所谓“中高年”指的是五六十岁以上的男女。这一代日本人到了可以抱孙子的年龄还对房事兴致勃勃，跟“草食系”占多数的年轻一代人呈现非常明显的对比。

“草食系”是二〇〇〇年代中期市场调查专家最初提出的概念，乃消费行为女性化的年轻男性。他们与其跟上司、同事出去喝酒，宁愿回家跟母亲、姐姐一起吃甜品。后来，大阪府立大学森冈正博教授出版了《草食男的纯爱手记》《草食系男子带来最后的恋》两本书，文中指出：草食系的本质在于性情温柔、不爱竞争、对性爱关系不很积极。一九五八年出生的哲学家森冈教授本人就属于草食系，所以颇能理解年轻一代草食系男子的处境，乐于提出建议帮助他们得到幸福的生活。

日本人跟其他国家人民相比，历来较少吃肉，反之多吃海鲜、蔬菜、豆类、粮食。当面对以肉类为主的西餐，或者油分偏高的中餐之际，多数日本人本能地感到威胁，因为人家的伙食好比是肉食动物的，自己的倒像是草食动物的。犹如狮子和斑马，还没有相斗起来，胜负已决了。再说，日本人也习惯性地从伙食内容出发往性爱能力方面去推论：吃西餐、中餐的人种，在床上也应该发挥出肉食动物的本事来吧？也就是说，在日本，“肉食”和“草食”向来是性欲或性爱能力强弱的暗喻。

有趣的是，当日本人在这方面特别缺乏自信的二十世纪后叶，在外国人心目中的日本人形象，倒是非常好色的民族。这矛盾是怎么来的呢？日本人深知自己的身体差、摄取卡路里低、体力差、床上表现也一定差，对异性的吸引力绝对大不如外国人。这种劣等感使得日本人在性生活方面很压抑，无法健康地享受感官的乐趣，反而导致社会上性变态泛滥，让外国人更加确信日本人是全世界最好色的民族。

可是，性变态只能在性交易场所派上用场，跟家庭生活无法并立，尤其是夫妻地位平等起来以后。于是，早在一九九〇年代，日本已出现了不少“无性爱夫妻”。他们最初是男女同学或者同事，从朋友关系发展成夫妻的，蜜月时期还有过一些亲密接触，可是没多少时间，又回到跟原来一样的朋友关系了。这回只是多了爸爸、妈妈、女婿、儿媳妇的角色。大家每天的工作、生活都够忙碌，保持激情谈何容易，何况什么性变态不变态？算了吧，无性爱也照样能过日子。西方人也许会问：没有了激情，为什么还在一起？东方人大概会明白：不愿意让父母担心，更不想叫孩子难过，朋友也可以同居，不是吗？总的来说，家庭比个人重要。或者说，家庭是个人认同的最大根据。不管怎么讲，日本社会有许多这样的夫妻，至今二十年了。“无性爱夫妻”生育的一代成长为“草食系”，只能说是理所当然的。

日本媒体所谓的“草食系男子”，仔细看来是“草食系”和“男子”加起来而成的。本来，日文的“男子”“女子”相当于中文的“男同学”“女同学”，一般只用在学校里。已成年的男女，按道理不会称之为“男子”“女子”的。可是，二〇〇〇年代起，把二十几、三十几岁的单身男女都开始叫“××男子”“××女子”了。例如，“便当男子”“铁道女子”等。其语感犹如未达到生殖阶段的超龄学童，换句话说是无性化。

当初，媒体经常拿“草食系男子”跟“肉食系女子”对比。那也不是没道理。不像老一辈人对两性的社会角色有很明确的概念，凡是男的都要扮男子汉，凡是女的都要演淑女，二十一世纪的男女都很实在了。“草食系男子”不隐瞒对甜品的嗜好，“肉食系女子”也公开承认对性爱的兴趣。不过，久而久之，越来越明显的是“草食系男子”的增加并不意味着两性的中性化，而意味着两性的无性化。如今的日本年轻人不分男女都以“草食系”为主，对恋爱、性生活不大有兴趣，宁愿回家跟妈妈、姐姐一起吃甜品。毕竟，经济泡沫破裂以后的二十年，国家经济一直低迷，即使出去竞争收获也不会很高，但是生活水平倒比父母年轻时候高。在这么个时代环境里，男孩子、女孩子都不愿意离开父母家，只能说是很合理的。

大家都要回家跟妈妈、姐姐一起吃甜品。那么，他们的爸爸去哪里，做什么呢？周刊杂志纷纷推出“中高年性爱”专辑的读者对象，就是那些孤独的爸爸们。他们至今不能卸下企业战士的招牌，在通勤电车上翻开黄色文章找刺激，令旁边乘客皱眉。但是，今天的“草食系男子”年长以后也不会成为“中高年性爱”专辑的读者。到了那个时候，二十世纪曾经很好色的日本人形象，也终于要从世界上彻底消失吧。

【关键名词】

森冈正博

もりおかまさひろ

一九五八年生于高知县高知市，大阪府立大学教授，是日本研究生命学的著名哲学家。二〇〇三年出版《无痛文明论》，是探讨现代思潮的话题代表作，二〇〇八年出版《草食男的纯爱手记》，使名词“草食系”大为流行。他目前在《朝日新闻·烦恼的课题》专栏上，为年轻人解惑，并任《Journal of Philosophy of Life》总编辑。

随时代变化的语感

嫁[嫁よめ]

对日本女性来说，“嫁”是个既可恶又可怕的词。我自己虽然结了婚，有了丈夫，但是绝不承认做了哪家的“嫁”。所以，当我第一次听到刚结婚的弟妹自我介绍说“我是你弟弟的嫁，叫××，请多指教”的时候，真大吃了一惊。

虽说日文中的汉字是从中国大陆传过来的，但是现代中文和日文之间，一些汉字的意义已不完全相同了。例如，娘、姑、嫁等女子旁汉字所指的内容，在两者之间很不一样。

娘 = 女儿

姑 = 婆婆

老婆 ＝ 老太婆

嫁 ＝ 媳妇

当然，人称在不同的地方，不同的时代，变化是挺大的。比如说，婆婆在有的地方是姥姥，也就是阿嬷的意思。至于“老婆”这个词儿，我开始学中文的一九八〇年代，在中国大陆是没人用的。当时，中国人彼此之间的称呼是“同志”，对自己配偶的称呼则不分男女都为“爱人”。“同志”属于标准的共产主义词汇，至于“爱人”一词，外人觉得更加别扭。创作歌手罗大佑早在一九八八年出了专辑叫做《爱人同志》，充分表现出那别扭的感觉了。香港同性恋小区开始用“同志”一词是罗大佑之后吧。后来，大陆人也重新用起先生、太太、老公、老婆等。现在还偶尔听到有人说“我爱人怎样怎样”，令人觉得犹如坐时光机回到了一九八〇年代一样。

我在这里顺便也提一下“小姐”一词造成的困扰吧。同志、爱人年代的中国大陆人说：把年轻姑娘叫做小姐是旧社会的用法，在当代汉语里小姐是酒家女的意思，或者更贱。可是，在同一时代的台湾，小姐是很普遍的称呼，也就是英文的 miss 而已，到了香港连年纪很大的妇女都会被称为某某小姐的。后来中国进行改革开放，很少讲什么旧社会、新社会了，反而经常听到改革开放以后怎样怎样。那么，在改革开放以后的中国，到底该用什么词儿来称呼陌生的年轻姑娘如餐厅服务员呢？毕竟叫同志再不合适了吧。有人说，叫小姐就可以。有人说，叫小姐等于刻意侮辱对方，该叫小妹了，或者喊服务员。我偶尔去中国几天，生怕得罪人家，最近什么都不敢叫了，只能喊“麻烦你”。

言归正传。在日本，一个词的含义、语感，也会在不同的地方、不同的时代产生变化。前面提的“嫁”就是很好的例子。“嫁（よめ yome）”在日文里头是媳妇、儿媳妇的意思。在封建社会，结婚是一个家和另一个家的交易。一个女人结婚，等于嫁入丈夫的家，自动成为婆家儿媳妇，除了得伺候自己的男人以外，还得服从他父母，甚至他兄弟姐妹。“嫁”这个词儿一般是婆婆用的，说“我家‘嫁’怎样怎样”，或者“我儿子的‘嫁’怎样怎样”。在婆家，一个“嫁”的地位也绝对不如大姑、小姑。一九三五年出生的我母亲一代女性，大约是在日本迫不得已做过“嫁”的最后一代。她做了几年再也受不了，唆使丈夫独立于父母，从此建立小家庭了。比她小三岁的我婆婆，则一结婚就在大城市的小公寓夫妻两个人过日子了，当“嫁”的机会只有每年回婆家过年之际。

我敢断言，对日本女性来说，“嫁”是个既可恶又可怕的词。我自己虽然结了婚，有了丈夫，但是绝不承认做了哪家的“嫁”。所以，当我第一次听到刚结婚的弟妹自我介绍说“我是你弟弟的嫁，叫××，请多指教”的时候，真大吃了一惊。难道她不知道自己的母亲一代才辛辛苦苦脱离了“嫁”字代表的从属地位吗？可是，人家是名牌大学毕业，在大银行做事的，常识方面不会比她同代人差。我就是搞不明白，问了问老公的意见。“你说她自称‘嫁’到底是什么样的用语？”

他的答复出乎我意料。“你还是多看点电视好啊。如今关西出身的搞笑艺人都把自己的老婆叫做‘嫁’的。我估计新婚太太出于害羞，不敢用‘妻（妻子）’‘家内（内人）’‘連合（老伴）’等老派的自称，便从电视节目里借来了关西方言。”毕竟他是个关西人，加上是男性，对“嫁”这个词的感受性跟我这个东京女人不一样。后来，我也听到弟弟把自己的太太称为“嫁”了。他比我小九岁，身为男孩，从来没有听母亲诉苦道如何被婆婆欺负了，就是因为她是个“嫁”而不是婆婆的亲生“娘（女儿）”。果然他根本不理解为什么姐姐厌恶这个词如蛇蝎。

看来，对二十一世纪的年轻日本人来说，“嫁”字已经没有负面含义。再说，他们对关西方言的态度都跟姐姐一辈不同了。我这一代东京人也从小对电视节目里出现的关西艺人（漫才师、落语家）很熟悉，听他们讲关西方言也听得懂，但是从来没想过借用他们的方言来表达自己的思想。这些年，大阪吉本兴业公司旗下的艺人如明石家秋刀鱼、DOWN TOWN 等席卷东京各家电视台的综艺节目，对整体社会的影响力大多了。

日本位于汉字文化圈的边缘，所以在中原早就消失的古老发音、语义等往往保留到最后。如今，在东京已经被淘汰了的老日语作为方言保留在大阪等关西地区，而有些东京年轻人偏偏被个中的异乡情调所吸引。大约如此了。

你在何处，又要往何处去

现役[現役 げんえき] 浪人[浪人 ろうにん]

战后出生的婴儿潮一代，人口特别多，升学竞争很厉害，所以那一代人当中，不仅是“大学浪人”，连“高中浪人”都出现过，曾一时造成了社会问题。

日本没有征兵制，自卫队员全是自己志愿的。所以讲起“現役”，日本人不会想到现役军人去。大家首先想到的一定是高中三年级要考大学的学生，因为日文俚语里，“現役(げんえき gen-eki)”是“浪人”的反义词，而“浪人”指的又是高中毕业没考上大学的重考生。

日文中的“浪人(ろうにん rounin)”一词，在古代是“流浪者”的意思。到了封建时代，失去了主人的武士被称为

“牢人（ろうにん rounin）”了。因为“牢人”跟“浪人”的日语发音完全相同，再说“牢人”也经常流浪到外地去，所以两者之间难免发生混杂，“牢人”也逐渐被叫做“浪人”了。到了近代，自个儿流浪到中国大陆去，从事各种政治活动的右翼人士被称为“大陆浪人”。

至于“大学浪人”，乃第二次世界大战以后，对教育制度进行民主化改革的结果，连中产阶级子女都开始上大学的日子里，才普及起来的用法。因为战后出生的婴儿潮一代，人口特别多，升学竞争很厉害，所以那一代人当中，不仅是“大学浪人”，连“高中浪人”都出现过，曾一时造成了社会问题。在现代社会，不到十八岁的少男少女一般都在各级学校的管辖下，做父母的只要早晨叫孩子们起来送往学校，就直到傍晚都不必为他们操心了。可是，“浪人”不一样。没有学校老师管的孩子们，只好由父母亲自管教。本来学习成绩不够好的青少年，一旦成了“浪人”，往往最基本的生活习惯（如早晨起来晚上睡觉）都会崩溃，想要堕落易如反掌。后来，为了驱散“浪人”父母的噩梦，各家补习班都开办了专收“浪人”的班级。

我高中毕业那年，没有考上大学，只好到东京代代木的补习班，做了一年“浪人”。那可算是我这半辈子最孤独的一年了。高中的同学们大多都翻身为大学生，学化妆啦，穿上时装啦，去约会啦，谋划出国啦，生活中充满着乐趣。而我呢，是一年四季只有牛仔裤穿，是根本没份玩乐享受的“女浪人”。可是，第二年终于上了大学，我又惊讶地发现：其实做一年“浪人”并不算什么。班里还有“二浪生”。我甚至见过做了五年“浪人”的年长同学，大家都尊敬地称他为“五郎桑（ごろうさん gorou-san）”。

虽说“浪人”明明是俚语，可是好奇怪，日语中却不存在意义相同的一般名词。政府机关会把重考生叫做“過年度生”，但那是只通用于教育界的术语，许多日本人根本没听说过。反之，一说“浪人”就谁都知道是什么意思了。它指的对象也早就不限于学生，如今暂时不属于单位的人都叫做“浪人”了。比如说职棒选手或教练，离开了一个队以后，若一时找不到适当的去处，就做一年的“浪人”。关键在于：凡是“浪人”都在等待下一次（第二年）的机会。这一点，跟纯粹的失业者或尼特族①不一样。

---

① 指不升学、不就业、不进修或不参加就业辅导，终日无所事事的族群。——编者

“浪人”的反义词“現役”也一样没有意义相同的一般名词。日文中，连相当于“应届”的词儿都不存在。漫画里常见到的“現役合格”四个字指的是，高中三年级考上大学，三月毕业，四月入学的顺利人生，乃相对于“浪人合格”而言的。估计社会上流行了“大学浪人”一词以后，为了对比，才诞生了“現役合格”“現役生”等说法。不过，究竟为什么借用了军队用语，只能说是谜。

“現役”一词的含义比“浪人”广得多，会指工作上、生活上、社会上，仍然在职，还没有“引退”的状态。例如，年纪大的公司老板题字时写“生涯現役”，就是“一辈子不退休”的意思了。这种“現役”的反义词不是“浪人”，而是“隐居”或“OB、OG”。“OB、OG”是日式英语，分别为“old boy”和“old girl”的简称，指“退役的”。所以，学校社团的校友会，往往都用“某某社团OB会”或“OG会”的名称。在日本，即使是十八岁的女网选手，一旦从学校球队引退下来就会被称为“OG”。Oh，Gee！

不自由的日文称代词

彼氏[彼氏 かれし] 彼女[彼女 かのじょ]

我年轻时曾觉得说日语很不自由，其实不单纯是语言问题，而是跟日本的文化环境分不开的。现实中的语言不可能是中立的，也不可能是透明的，它有它的偏向，也有它的味道。

学会外语可以说是一种解放，或者说从母语的束缚被解放出来得到前所未有的自由。我从小就觉得说日语很不自由，因为它缺乏中立的第二人称代词，如中文的你，英文的 you。

日文里其实充斥着第二人称代词，例如：貴方(あなた anata)、貴女（同）、貴方様(あなたさま anata-sama)、貴女様（同）、御前(おまえ omae)、貴様(きさま kisama)、其方(そちら sochira)、自分

（じぶん jibun）、御宅（おたく otaku），等等。问题在于其中没有一个是中立的，不是褒就是贬。

如果在东京街上对陌生人喊“御前”啦、“貴樣”啦，就等于自找麻烦。但是喊了“貴女”啦、“御宅”啦，人家也会以为你神经有点问题。讲日语最符合礼节的是尽量回避人称代词而永远用对方的职位或姓氏，例如在公司里就喊“社长”“部长”，在学校里就喊“校长”“先生”，对朋友就喊姓、名、外号，在家里则喊“爸爸”“妈妈”等。

青春时代，我觉得最麻烦的是，跟母亲说话非得叫她“妈妈”不可。我有一次试图用“貴女”这代词来跟她交谈，结果她马上大喊起来毅然宣布：“别叫我‘貴女’。我是你母亲。”但是，没有中立、平等的代词，就不可能有中立、平等的关系，也不可能有中立、平等的对话。所以在日本，许多对话是提前被禁止的。

日语没有中立的第二人称代词，那么第三人称呢？

中文的他和她，英文的he和she，都没有特别的含义。日文就不一样。你说到“彼氏（かれし kareshi）”或“彼女（かのじょ kanojo）”，人家会以为你在谈自己的男朋友、女朋友。如果纯粹当代词来用“彼氏”“彼女”的话，别人则觉得你在把外语直接翻译成日语讲话，也嫌太洋气了。所以，讲日语，不仅得忌讳“你”而且要回避“他”和“她”，结果话语里泛滥“社长”“部长”“校长”等尊称以及“山田桑”“铃木桑”等专用名词。这么一来，好比在到处埋着地雷的草地上走路一样，始终得战战兢兢提心吊胆，不能够放松下来谈天说地。总而言之，不自由。

在日本夫妻之间，如何称呼对方也会成为问题。如今在文化程度较高的夫妻之间，常见到丈夫叫妻子“奥さん(おくさん okusan)”的情形。这个词儿的语感相当于中文的“太太”，例如家仆叫女主人，或者叫邻居主妇时用的称呼。显而易见，夫妻之间用起来嫌太褒。尽管如此，今天的日本先生们宁愿谦虚到把自己贬低为家仆，都不想被扣上大男人主义者的臭帽子，所以绝不敢像他们的父辈那样向妻子叫喊“喂，御前”。

另外也有不少丈夫叫妻子为“妈妈”，即“孩子他娘”。只是，一旦称妻子为“妈妈”，自己也要反过来被称为“爸爸”了。以往的“彼氏”和“彼女”演变成“爸爸”和“妈妈”，多多少少会失去谈恋爱时期的浪漫情感吧？其实，曾经做“彼氏”“彼女”的时候，很多人都用名字来互相称呼的。结婚以后，不少妻子继续用名字叫丈夫，然而对方却用起“奥さん”“妈妈”等角色称呼来，有意无意地淡化妻子的个性，并且试图用语言把她关在家庭里。另有一个解释则说：日本人的集体依赖性特别强，大家都下意识地寻找着母性的怀抱；因此去酒吧就把女主人叫做“妈妈”，回到自己的家又把妻子叫为“妈妈”。听起来不无道理。

我年轻时曾觉得说日语很不自由，其实不单纯是语言的问题，而是跟日本的文化环境分不开的。现实中的语言不可能是中立的，也不可能是透明的，它有它的偏向，也有它的味道。然而，只要自己有坚定的原则，并且懂得操纵语言的话，日子仍然可以过得蛮自在的。例如：有资格叫我“妈妈”的只有我的孩子们。不是很简单吗？

感情有多深，这一天知道

义理巧克力[義理チョコ]

情人节和白色节都给女同学们垄断了。也许跟社会结构的变化有关吧。如今有越来越多女性在生活中不需要男性，而那种变化也果然反映到小学生的人际关系上来了。

我的女儿正读小学四年级。二〇一二年的情人节，她动员母亲和父亲，总共做了六十多粒巧克力，为的是送给她的同学们——同一级，总共三十多个女同学。

在日本，情人节是一九六〇年代以后普及的外来习俗。当初有几家巧克力公司和百货商店为了扩大糖果市场，在报纸、杂志、电视等媒体上打的广告说：二月十四日在西方是情人节，你们也在这天给心爱的对象送巧克力，让他知道你的感情有多深吧。

一九七〇年代，我读中学时候的情人节，许多女同学都买一块巧克力，早晨早一点上学去，把礼物和情书塞在暗恋对象的鞋柜里。日本小学和中学的校舍都是在门口换了鞋子后进去的，每一个学生都有属于自己的鞋柜。那个小小的柜子在学校里算是最私密的小空间，虽然把巧克力塞进去有点不卫生。

每年的二月十四日，女方给男方送巧克力以便表白之前藏在心里的爱情，这一习惯后来也扩大到不同世代的日本人去了。同时，市面上巧克力的种类逐年增加，质量和价钱也随着提高了。一九八〇年代，日本经济最好的时期，一方面出现了比利时、法国等欧洲老字号大小巧克力店做的高级品种，小小一粒的价钱跟大蛋糕一样贵，却跟珠宝一般无限诱人；另一方面，荷包里有闲钱的白领女性，开始购买大量廉价巧克力，散发给上司啦、同事啦、公寓管理员啦等并不心爱的男性当应时的礼物了。那好比是中秋节的月饼一样，不过是社会生活的润滑油，跟个人感情毫无关系，于是被称为"義理チョコ giri choko"（义理巧克力），即情面巧克力。

二十一世纪的日本女性，跟上世纪很不同了；她们若对某个男性有了好感，就直接跟对方说，而不会等到二月十四号把巧克力塞进鞋柜里、办公桌抽屉里，等等。所以这些年，情人节逐渐失去了“爱情表白日”的意义。这么一来，巧克力公司和百货商店都着急起来，又打了广告劝女士们：买几粒欧洲高级巧克力，当作送给自己的礼物吧！毕竟大家都每天上班工作好累的，需要偶尔受到赞扬和宠爱嘛，如果没有异性送你礼物的话，就不妨自己给自己买珠宝般有魅力的巧克力了。

可是，女学生是另外一回事，她们特别喜欢送小礼物给别人。既然给男同学送巧克力已经不吃香，那么彼此交换享受呗。这样造成了小学、中学的女学生互相送“ともチョコ” tomo choko 即友情巧克力的风潮。她们给同性朋友们送亲手做的巧克力。说亲手做，普通人并没有用可可豆制作巧克力的技术，于是她们买来最普遍的板状巧克力切成薄片，放在小锅里融化以后，倒进各种形状的小铝制杯里，并且上面放点坚果、彩色砂糖等，做成普及版比利时巧克力。然后，装在小小可爱的透明袋子里，用漂亮的丝带系成蝴蝶结，二月十四日的早晨互相赠送。如果是初中生，大概自己能做全部工程吧。但是，小四的同学到厨房里自己倒热腾腾的液体巧克力让人不放心，只好由父母监督一下。

这两年在我女儿上的小学，大多数女孩子都到了四年级就准备几十粒友情巧克力带到学校来，因为参与人数非常多，校方要禁止都不容易了。那天没来得及准备巧克力的同学们，则得等到三月十四日，即日本所谓的 White Day，要给每一个人送回礼了。这也是日本商人想出来的营销把戏：凡是二月十四日收到了巧克力的人，应该整整一个月后送果汁软糖、饴糖、饼干等当回礼。西方人都说没听过什么白色节，但它已经跟情人节一样地扎根于日本社会了，恰似中秋节的月饼。

可怜的是男同学。他们本来很期待会有个女同学情人节当天送巧克力来，然后考虑接受不接受人家的好意，一个月以后回送的甜品要附上什么样的回信。然而现在，情人节和白色节都给女同学们垄断了。也许跟社会结构的变化有关吧。如今有越来越多女性在生活中不需要男性，而那种变化也果然反映到小学生的人际关系上来了。

卷四

这些事，那些人

虎面人运动

虎面人[タイガーマスク]

"虎面人运动"的一个特点是有许多中年男性参与。他们在如今的社会是最不受注目的一群人。好像所有的流行现象和商品都由年轻人和女性制造领导似的。这次，倒是全日本的中年男性犹如收到了老同学的邀请书一般，主动并不约而同地去重复善行了。

自从二〇一〇年年底席卷了日本全国的"虎面人(タイガーマスク Tiger Mask)"运动，过了三个月似乎告了一段落。不过其影响仍继续燃烧，给人以"星火燎原"的印象。

事端是那年圣诞节早上，群马县的孤儿院收到了匿名人士"伊达直人"送来的十个小学生用背包。这则消息感动了一代日本人，因为"伊达直人"是一九六八年开始在漫画杂志上连载的人气作品《虎面人》（*Tiger Mask*）之主人公，电视上也曾每周播送过卡通节目。

漫画原著者梶原一骑创造的“伊达直人”是孤儿院出身的职业摔角手，他定期匿名捐款给曾培养自己的孤儿院。他代表正义与勇气，获得了一九七〇年代日本儿童的热烈支持。当年长大的一代人，到现在都能唱卡通节目的主题曲。但是一九八〇年代以后，电视上没有回放《虎面人》，也很少听到主题曲了，因为社会风气发生变化，描绘孤儿院凄惨状况的作品被视为“政治上不正确”。

圣诞节早上的新闻节目一把群马县“伊达直人”的善行播送出去，日本全国的孤儿院就都出现了当地的“伊达直人”，转眼之间，捐献总数超过了一千宗。有的送书包，有的送文具、玩具、食品、现金。日本社会历来没有捐献的传统，这一次的现象可以说是破天荒的。连皇太子都在二〇一一年二月二十三日的五十一岁生日所感之中，特别提到了“虎面人运动”表现出来的社会善意。

是社会善意，没有错。不过，我作为《虎面人》老粉丝，有稍微不同的感想。那就是群马县“伊达直人”好比发起了全国性的同学会。他的名字让我们这一代人想起了自己曾是天真小朋友的年代。当年社会还没有网络、有线电视、光盘，大家都看同样的节目，唱同样的歌，为同样的故事流泪，拥有同样的理想。

“虎面人运动”的一个特点是有许多中年男性参与。他们在如今的社会是最不受注目的一群人。好像所有的流行现象和商品都由年轻人和女性制造领导似的。这次，倒是全日本的中年男性犹如收到了老同学的邀请书一般，主动并不约而同地去重复善行了。群马县“伊达直人”给全国的同代人提供了自己也当上英雄，证明自己还拥有当年理想的机会。

现在日本有了“请，虎面人！”网站联系全国的福利设施和善意人士。这也是群马县“伊达直人”留下的礼物吧。谢谢虎面人。

【关键名词】

梶原一騎

かじわらいっき

生于一九三六年，卒于一九八七年，原名高森朝树，是日本重要的漫画编剧家。著有《虎面人》《小拳王》《巨人之星》《爱与诚》等经典漫画作品，曾出版自传散文《从地狱生还》。

谁掌握了日本女性主义风向标？

上野千鹤子［上野千鶴子
うえのちづこ］

一方面，过去四十年日本社会的风气确实变化了，尤其在年轻男女的关系里，有女性压倒男性的趋势，甚至出现一本畅销书叫《灰姑娘，你该推倒王子》。

《不惑的女性主义》是日文新刊书的标题。作者是东京大学名誉教授上野千鹤子，可以说是日本最有名的女性主义者了。孔子曰：四十而不惑。这本书之所以用“不惑”一词，就是因为日本女性主义有了四十年的历史。

以男性沙文主义闻名于世的日本，一九七〇年代初受美国影响，出现了女性解放运动。一九七五年联合国展开“国际妇女年”活动，日本的一批中学家政课老师组织“行动女性会”，开始揭发了电视广告中的性歧视。当时正在播放的House食品公司之泡面广告里，男演员说“我是吃饭的人”，女演员则说“我是做饭的人”，该会认为有推广男女不平等思想的嫌疑而加以全面攻击，最后迫使广告停播了。跟着出现了“中P联”，即“反对中绝（堕胎）禁止法并且要求解禁pills（避孕药）的女性解放联合会”。“中P联”的成员们戴着粉红色安全帽，带领媒体记者到大公司总部，批斗了对妻子不忠的丈夫以及公开发表性歧视言论的社会名人，吓坏了心中有愧的许多男人。

从美国传来的“Women's Lib”（女性解放运动的简称），当时在大多数日本人的眼里过于激进并且太情绪化，总的来说歇斯底里。然而，历史已经证明，归功于“行动女性会”的提议，日本全国的中学从一九九四年起让男女同学共同上家政课，结果今天的日本小伙子个个都有自己的针线盒，扣子掉了就会自己拿针来缝补了。也归功于“中P联”的叫喊，日本厚生劳动省（卫生部）一九九八年终于认可了避孕药，都比先进国家落后几十年了。但是如果没有一九七〇年代不怕被扣上“歇斯底里”帽子而发出声音的勇敢女性们，说不定日本中学今天还专门让女同学上家政课，日本女性还没有主动避孕的手段。

给当初戴上“歇斯底里”帽子的妇女运动提供了女性学理论框架，使得不容易揶揄反驳的第一把手就是上野千鹤子。她一九四八年出生于富有的基督教医生家庭，从京都大学研究生院毕业以后，当上了平安女学院短期大学讲师。那是一所培养家庭主妇的无名学校，直到一九八二年上野问世了《性感女孩大研究》一书以后，该校名称才第一次在全国性媒体上出现了。她第一本书，其实是用社会学框架分析广告中之性歧视的，但是因为标题充满挑拨性，一下子引起了注意。之后，她出版登载许多三角裤照片的《裙子底下的剧场》，用女性主义理论大肆批判著名文学作品的《男流文学论》等，成为日本女性主义的大明星。

对上野暴红，不是所有日本女性都服气。文学评论家山下悦子一九九一年就出版《女性时代的神话——上野千鹤子能救女性吗？》进行了批判。谁料到那公开的批判倒起了反作用。翌年男作家上原隆写《谁害怕上野千鹤子？》讲述了他妻子受上野的影响而离开他的过程。上原书的标题是引用美国话剧/电影《谁害怕弗吉尼亚·伍尔夫？》的。上野似乎很喜欢自己跟伍尔夫被并立而论，自己也出了一本《上野千鹤子对文学进行社会学》。然后标题中有她名字的书籍接踵而来：《在东京大学跟上野千鹤子学吵架》《挑战上野千鹤子》《上野老师，请别自行离开人间》，等等。上野千鹤子名副其实是日本女性主义的象征了。

二〇〇九年上野写的晚年生活指南《一个人的老后》成为畅销书。二〇一一年她提早从东京大学退休，担任女性网站WAN理事长了。日本女性主义界还没有能代替她的下一个大明星。一方面，过去四十年日本社会的风气确实变化了，尤其在年轻男女的关系里，有女性压倒男性的趋势，甚至出现一本畅销书叫《灰姑娘，你该推倒王子》。另一方面，在社会上有地位的女性还特少，尤其女性国会议员似乎都是高级官僚或艺人出身，进入决策阶层特别困难。在《不惑的女性主义》里，上野也写：当女性议题碰触国策之际，逆风马上刮起来。

【关键名词】

上野千鶴子

うえのちづこ

日本社会学家。出生于富山县，京都大学社会学科毕业。上野是日本著名研究女性解放理论的女性主义者，在一九八〇年代的日本学术界打出名堂，与浅田彰、今村仁司、栗本慎一郎、岸田秀等学者齐名。上野千鹤子与台湾亦有学术交流，一九九三年五月李昂应东京大学文学部的邀请演讲，与上野千鹤子作了一次对谈，后来李昂又在杂志《世界》上第二次与上野教授对谈。

何来单一民族国家

王贞治[王貞治 おうさだはる] 孙正义[孫正義 そんまさよし]

第二次世界大战以后的日本，忽然标榜起纯血统国家的优越性来，歧视来自旧殖民地的韩裔人，迫使他们不敢公开用真实姓名。

相对来说，日本社会对华裔人士的接受性比较高。王贞治可说是最好的例子。

二〇一二年一月的日本相扑番付（顺序）表上边的级别如横纲、大关等，很多都给蒙古、爱沙尼亚、保加利亚等外国出身的力士霸占了。全球化的今天，各国的有为青年要来日本当职业力士，何况蒙古人有练相扑的悠久传统。相比之下，越来越少有日本男孩愿意把自己改造成白面馒头般的大胖子，露着屁股在众人面前翻滚。虽说相扑是日本的“国技”，但是如今倘若排除了外国人就无法成立了。

有些日本老人看着外国名字充斥的番付表摇摇头，因为他们认为“国技”应该保持纯血统才是。然而，他们也不会介意日本职棒的全国冠军福冈软件银行鹰队的老板是韩裔商人孙正义，反之会由于该队的前教练是华裔明星王贞治而感到荣幸。

个别的日本政治家还因偶尔说出“纯血统是咱国家的优良传统”而受到批判。毕竟，日本有北海道原住民族阿伊努（或译爱奴）人，南方有本来属于独立王国的琉球人，另外有近代历史留下来的韩裔、华裔人士。轻易地说出“日本是单一民族国家”会严重伤害很多人的感情和自尊。

社会学家小熊英二有本著作叫《单一民族神话的起源》，书中论述：日本的“单一民族神话”其实是第二次世界大战失败以后才诞生的。也不奇怪，之前是忙于做大日本帝国之梦，要把周围民族都吸纳成天皇之臣下，在侵华战争中，甚至拿出“同文同种”的说法要当建设大东亚共荣圈的理论根据。

第二次世界大战以后的日本，忽然标榜起纯血统国家的优越性来，歧视来自旧殖民地的韩裔人，迫使他们不敢公开用真实姓名。连如今是日本头号富豪的孙正义都直到就业以前用日本姓氏过日子。在职棒界，王贞治的好友张本勋，跟他们同代的金田正一等比比皆是韩裔明星，他们的血统也算是众所周知的，但是如果公开说出来就被视为故意侮蔑。民族问题至今还相当敏感。

相对来说，日本社会对华裔人士的接受性比较高。王贞治可说是最好的例子。他父亲王仕福是一九二〇年代移居日本的温州青田人，跟日本妻子一起，在东京经营了中餐馆“五十番”。一九四〇年出生的次男贞治从中学时候起就在全国棒球大会上很活跃，一九五九年加盟了读卖巨人军。他的背号码为一，外号则叫“ワンちゃん”(one-chan)，显然是“王”的谐音。王贞治一九七七年创下了生涯七百五十六支全垒打的世界纪录，并荣获首届日本国民荣誉赏。这奖赏可以说是当年的首相福田赳夫为了王贞治而特别创设的。后来，著名导演黑泽明以及十多位优秀运动员、作曲家、歌手、漫画家等获得了这奖赏，但是关键在于日本国民荣誉赏并没有国籍条款，可以颁给旅日外籍人士。

王贞治一直保留着“中华民国国籍”，广大日本社会都知道。尽管如此，没人反对他获得日本国民荣誉赏。他如今担任代表职棒界的日本名球会会长都被视为理所当然。他曾带领日本球队去美国参加世界棒球赛，被当地记者问及国籍，回答说：“我父亲是中国人，母亲是日本人。我从小在日本长大，受日本教育，作为日本棒球人士一路走来。”不仅他本人，连他次女王理惠也一直保留着“中华民国国籍”，用王姓在日本媒体界工作，虽然其实只有四分之一的华人血统而已。

二〇一一年的十一月二十日，在福冈雅虎球场举行的日本大赛最后一场上，软件银行鹰队打败中日龙队，获得了日本总冠军之际，前教练王贞治马上出来祝福选手们，大家把老板孙正义抛向了空中。平时好严谨的王贞治都破颜一笑，平时就像调皮孩子的孙正义则是乐不可支的样子。不仅是笔者，相信很多电视观众看了那场面都受了感动。日本和朝鲜半岛、中国大陆之间，只有一衣带水。王贞治的父亲、孙正义的父母都过了那点海水来到东瀛，把儿子教育成全日本崇拜的英雄了。真不简单。

追溯那一年的时光

一青窈[一青窈 ひととよう]

谁也不能选择自己的父母；大家都只好接受父母。一青妙、一青窈姐妹也没有选择父母。她们生为台湾阔家的后代，算是很幸运的。她们年纪轻轻就得跟父母死别，则算是很不幸的。

第一次看到“一青窈（ひととよう hitoto yo）”三个字，我就觉得很好奇。从来没看过这样的姓名。一青是日本人的姓氏吗？听说，日本海边的石川县能登半岛有个地方叫一青。但是，姓一青的家族，全日本也只有寥寥几家而已。再说，“一青窈”三个字里，除了很少见的姓氏以外，还有一样少见的名字：窈。这不是一般日本人知道的汉字啊。中文里出现的频率应该更高，台湾就有历史学家叫周婉窈嘛。后来，我从媒体报道中得知：一青窈其实是日台混血儿，一青是日本母亲的姓氏，窈则是台湾父亲给她取的名字。中文姓名叫颜窈。

那好像是二〇〇二年，一青窈唱《陪哭》出道而马上走红的时候。两年后，她也在侯孝贤的《珈琲时光》里饰演了跟台湾男孩谈恋爱的日本撰稿人井上阳子；她在调查台湾出身的作曲家江文也之生平，并在影片中访问真实的江夫人和女儿。一个中日混血儿，在一部台湾导演拍的日本影片中，饰演一个怀上台湾人后代的日本女性，并跟已故台湾音乐家的日本遗孀进行对话。意味真深长。但究竟是什么意味？

二〇〇八年秋天，《朝日新闻》晚报分五次刊载了“一青姐妹与颜家”。连载的第一回就提到，二〇〇七年有部日本纪录片叫做《倾听风声——台湾·九份物语》（林雅行导演），一青窈的姐姐一青妙担任了旁白。

才几百字的短文包含了许多信息。九份是《悲情城市》和《多桑》两部电影的背景，连日本人都知道。但是，我万万没想到，一青窈的父亲颜惠民是台湾五大家族之一基隆颜家的长子，而颜家曾经营九份金矿，雇用了六千名矿工。也就是说，“悲情城市”中“小香港”的繁华背后就有颜家，而且在金矿工作的六千名矿工里，应该有吴念真的“多桑”吧。其次，我也一样没想到，一青窈有个做牙科医生的姐姐叫一青妙（ひととたえ hitoto tae），是她供妹妹读庆应大学的。当妹妹大学毕业，做了歌坛明星以后，做姐姐的也想到：“金城武、徐若瑄能做到的，我也不妨试一试吧。”结果，她真当上了演员。

这一家族，怎么如此这般地充满着传奇呢？据《朝日新闻》的连载，颜惠民十岁就留日，先就读东京的名门番町小学校，之后上了战前专门为贵族子女开设的学习院中学。太平洋战争时期，他住的房子因美军空袭而烧掉，于是搬进了学习院的同学犬养康彦的家。犬养的爷爷犬养毅是战前的日本首相，父亲犬养健则在战后担任法务大臣，姐姐犬养道子乃著名评论家，妻子犬养智子又是个畅销散文家。换句话说，犬养家在日本算是名家中的名家。当然，就是因为出身于台湾名家，颜惠民从小就被犬养家的长辈当作干儿子的。

战后颜惠民回台湾。然而，一九四九年偷渡到日本来，又在犬养家住了下来。到了一九七〇年，四十二岁的时候，才娶了比他小十六岁的日本太太。然后回台湾继承家业，并生了两个女儿：妙和窈。她们还在念小学的时候，全家回日本，一青妙就上了父亲的母校学习院。两年以后，颜惠民因癌症去世，享年仅五十六。八年以后，两姐妹的母亲也因癌症离开人间。这时，一青妙二十二岁，一青窈则十六岁。

二〇一二年年初，《每日新闻》的书评栏目介绍了一青妙的自传性散文《我的箱子》。我赶紧买下来打开看，里面登着一张小盒子的照片。那是类似于《海角七号》中老友子收到的小盒子，里面装满着航空信封。就是在那些信封里，作者发现了父母结婚以前彼此写的情书，以及儿时的自己跟父亲交换过的家信。原来，母亲去世以后十多年，一青妙都不敢整理父母的遗物。可是，二〇〇九年，她终于决定拆掉父母盖的房子。整理遗物的过程中，她找到了母亲留下的信箱。

《我的箱子》里，作者谈到台湾颜家近年发生的家变。因为家产多、亲戚多又分散在国外，大家的想法也五花八门，很难得到一致。一青妙代表颜惠民去台北参加家族会议。虽说都属于一个家庭，成员的使用语言就有闽南语、国语、日语、英语。

谁也不能选择自己的父母；大家都只好接受父母。一青妙、一青窈姐妹也没有选择父母。她们生为台湾阔家的后代，算是很幸运的。她们年纪轻轻就得跟父母死别，则算是很不幸的。会说日中台等几种语言，也算是很幸运的。能属于两个文化，都可以说是很幸福的。

尽管如此，《我的箱子》这本书似乎有贯穿整本书的根本疑问："我究竟是谁？"对于这一道问题，唯一肯定的答案是："你是你父母的孩子。"问题在于她们的父母已经去世了很多年，而且父亲来自日治下的台湾，母亲则刚出生就跟她亲母即窈和妙的阿嬷死别，使得她们很难追溯到父母的背景。结果，两姐妹好像有在广大世界里迷失了一般的感觉。

"一青窈"那三个字，第一次看到的时候就像是一个谜。越看她们家族的故事，我觉得，谜儿都变得越大似的。

我们这一代美魔女

山口百惠[山口百惠 やまぐちももえ] 松田圣子[松田聖子 まつだせいこ] 黑田知永子[黒田知永子 くろだちえこ]

美女到了五十岁，跟十五年前、三十年前不会一样的。关键在于她过去三十年从来没有放弃过美女这一个角色，而且是真人版的。

1

最近在北京，有份报纸访问我。来的是两位女记者，一个四十来岁的资深记者和一个二十出头的见习生。资深记者有一副很标准的北京妇女模样，小的呢，简直跟模特儿一般。这位见习生不仅个子很高，而且身材苗条，不仅皮肤白皙，而且特会化淡妆，穿着低调却有品位，总的来说，好比是下班后的名模。漂亮的中国女人，我以前也看过不少，但是像她那样，既没有架子，又极其自然，似乎对自身之美毫无自我意识的姿态，这回才第一次看到。那大概是一个国家社会富起来以后长大的一代人方能表现出来的大方吧。

轮流地看着两位女记者，我在脑子里想：其实，资深记者给人的印象蛮舒服，她年轻时候也应该好可爱的。小记者呢，说她现在特别美丽，相信百分之一百的人都会同意，那么再过二十年，到了四十五六岁的时候，她将会是什么样子？还会跟现在一样，化着淡妆，穿着低调却有品位的衣服，令人觉得美丽吗？

于是，我想到了黑田知永子。日本也从来不缺乏年轻漂亮的女孩子。但是，直到二十世纪末，小女孩到了一定年龄就演变成阿姨，是天经地义的道理。过了三十，到了四十，已经五十，仍然像个下班后的名模，则是黑田知永子开辟的新天地。

2

对多数日本人来说，黑田知永子只不过是不太有名的电视人物而已，偶尔主持谈话节目，在电视剧如《浅见光彦》里饰演次要角色。然而，对某一代日本女性来说，倒是一辈子的偶像。她们是过去三十年一直以她为榜样，或者至少为坐标而过来的。

黑田知永子一九六一年在东京出生，初中、高中、大学都读了成城学园。那是一九一七年在大正自由教育运动下，著名教育家泽柳政太郎为了追求真善美的理想而创立的私立学校，校名取自《诗经·大雅》中的“哲夫成城”。位于东京世田谷区的成城学园，既是名门学校的名称，又是私铁小田急沿线颇有名气的高级住宅区名称，其档次仅次于东横线的田园调布。凡是东京长大的女孩子，一听到“成城学园的小姐”就会无限羡慕，因为她绝对拥有富有的家世和思想开明的父母。何况，她读大学期间，就当上了时装杂志《JJ》的读者模特儿。

《JJ》是一九七八年光文社针对年轻女性而创办的月刊。之前，日本已有《an. an》和《non-no》两本时装杂志办得非常成功。《an. an》的版面充满着纽约下城般的前卫感觉，《non-no》则散发着欧洲小镇般的浪漫乡土气息。两份创刊的一九七〇年代初，嬉皮文化席卷西方世界，连远东的时装杂志也受到了影响。然而，《JJ》创刊于嬉皮文化正在没落中的七〇年代末，新刊杂志的概念都截然不一样了。它主要介绍保守口味的名牌时装，相当露骨地炫耀着财富。既俗气又昂贵的趣味，特别符合了暴发户大众的需求。

日本的大众消费者第一次接触到路易·威登、古奇、Céline、Fendi 等品牌，就是在《JJ》的版面上。以往，欧洲名牌之于日本人，好比是灰姑娘的玻璃鞋，在西洋故事里面看到过也听说过，但是跟现实生活无关。例如，后来拍《蒲公英》等经典影片出名的导演伊丹十三，早在一九六五年出版的《欧洲倦怠日记》里，仔细讲述过，捷豹牌汽车、爱马仕牌围巾等，是跟银河系的星星一般遥远迷人的异国珍品。再说，他当时在欧洲倦怠的原因，竟是作为国际演员等待以义和团事件为主题的好莱坞影片《北京五十五天》（尼古拉斯·雷导演，查尔登·海斯顿主演）之开拍。在普通老百姓看来，都不外是天方夜谭。我自己中学时候就成了伊丹书迷，《欧洲倦怠日记》也重复地看过好几遍，但是万万没想到，不多久将在日本也出现真的穿用那些名牌的大众，而第一代的“代言人”居然是跟我同一代的大学生模特儿。

在日本，采用了多名读者模特儿的第一份杂志也是《JJ》。当然，并不是哪个读者都可以成为模特儿的，只有身材苗条长相宜人，而且是母女相传爱用名牌物品的阔家千金，如黑田知永子，才有资格在彩页上微笑。当时的日本，处于经济泡沫即将膨胀的前夕，在大学生当中，买得起欧洲名牌的还属于极少数。比方说我，虽然和她同一学年，但是来自平民阶级，每次打开《JJ》都不能不受到深刻的文化震撼。

记得当年《JJ》上的两大时装派系是神户的“新传统派”和横滨的“滨传统派”，可见近代初期的对外开放港口，一百年以后仍起着西方文明传播站的作用。“新传统派”服装很像新兴企业总经理秘书的打扮。相比之下，“滨传统派”显得质朴一点，风格类似于美国常春藤盟校的大学生。她们爱用当地老字号的商品，价钱也相对合理。当时的东京有许多女大学生，下课以后特地坐一个钟头的电车往横滨，先实地观察一下基督教福音派办的菲莉斯女学院的同学们如何打扮，然后到元町商店街采购去。Mihama 的平底皮鞋、北村的包包、福藏的衬衫，当年享有“三种神器”的美名，均为“滨传统派”打扮绝不可缺少的必需要素。

就是那个年代，“成城学园的小姐”黑田知永子，以纤细可爱的风格赢得了同代女性读者的强烈支持。她不是最漂亮的，也不是最抢眼的，但是最亲切，而且最可爱的。当时的《JJ》彩页也常常刊登男朋友开外国汽车来大学门口接她的照片。果然，她二十四岁就从模特儿行业淡出，二十八岁嫁给那个男朋友，同一年生了个女儿。

3

其实，还有一个明星跟我们同一学年，而且比黑田知永子有名得多，她叫松田圣子。一九八〇年，一代歌后山口百惠退出日本娱乐圈，同年松田圣子出道，马上成为歌后接班人。那恰巧也是黑田知永子在《JJ》上登场的一年。在消费生活上，对欧洲名牌起了贪心的日本大众，在娱乐生活上，送走了属于战后复兴期的最后一个女星，并且迎接了体现泡沫经济风潮的新世代偶像。

松田圣子，一九六二年三月在九州福冈县久留米市出生。父亲是当地十六世纪的武将蒲池统安之后代，母亲也是名门家庭的千金，哥哥曾当过汽车拉力赛赛车手。显而易见，又是一个上层家庭的小姐。然而，从一开始，她就给人以野心勃勃的印象，大概是出身于地方城市，要上东京来拼搏一番的缘故。媒体给她取的外号叫做

“ブリッコ（burikko）”，乃假装可怜状讨好卖乖的意思。日语里，可哀和可爱谐音，因此呈着“可哀相（かわいそう kawaisou）”（可怜状）的女孩子容易被视为可爱。但是，当圣子在电视镜头前边，因为高兴或者感动而哭泣起来，连主持人都感觉到那是“装的”，因此公开问她：“有没有流泪呀？”有趣的是，泡沫经济时期的日本人并不讨厌“装的”，反而觉得很新鲜，特好玩。

一九五九年一月出生的山口百惠，十三岁时拿把吉他参加电视节目“明星诞生”而受到注目，十四岁就出道了。百惠是个单身母亲的女儿，因为父亲另有家庭，她和妹妹从小受委屈长大。再说，她家所在的横须贺市，是美国舰船常停泊的港口，在日本人眼里是红灯闪烁的军港，人们以为，那种地方长大的女孩子不可能不早熟。当年日本媒体常用“薄幸”一词来形容她的背景。唱片公司则让“薄幸”的少女歌手唱《青色果实》《一夏的经验》等“青色（未熟）性愛”路线的歌曲。

在过去的日本娱乐圈里，类似背景的男星、女星不胜枚举。因为，传统上，卖艺的被主流社会瞧不起，甚至蔑称为“河原乞食（河滩乞丐）”，良家父母是绝不会允许子女做艺人的。只有社会底层来的人，才把娱乐圈看成人生大赌场，愿意下个人身注来赌博一番。从前的演员、歌手都经常说：想要出名赚钱给母亲盖大房子。而过去的日本大众也确实非常爱听艺人的悲惨经历。可见，他们不仅卖艺，而且给大众提供了幸灾乐祸的话柄。那可是整个国家社会都还贫困时期的口味。一九七九年，日本政府发表的《国民生活白皮书》就指出：国民中已经普及了中流意识。所谓“一亿总中流”（指当时一点二六亿人口的中产阶级）时代到来，城乡差距、白领蓝领的区别都几乎消灭，或者至少看不见了。富起来后的新时代，自然需要新一种偶像，例如上层阶级出身，爱“装”出可怜状的松田圣子。

可以说，山口百惠属于曾经贫困的日本里，宁愿冒风险也渴望扭转运气的阶层。她十五岁就认识未来的丈夫三浦友和，一起出演了多部电影和连续剧，包括《血疑》。到了二十岁，她宣布即将跟他结婚并同时退出歌坛，要成为全职主妇，因为那始终是她的最终理想。一九八〇年，二十一岁的歌后出版自传《苍白时刻》，总中流的日本群众争先恐后地去买，使它成为发行量达两百万册的超级畅销书。

山口百惠年纪轻轻就从歌坛消失，心甘情愿地当贤妻良母去了。后来她一直没有复出曝光，名副其实地成了二十世纪日本的一则神话。曾经出演过多部小津安二郎导演电影的女明星原节子（一九二〇年生），四十三岁退出影坛后也成了神话，被日本媒体称为“永远的处女”。神话人物获得永远的生命。原节子引退后三十七年，日本《电影旬报》杂志逢千禧年举行的“二十世纪的电影明星”群众投票的结果，年逾八旬的“永远的处女”竟然赢得了日本女星的第一名。山口百惠也成了一样不老不死的存在。在日本人的印象里，她永远是儿时“薄幸”的少女，最后穿着纯白婚纱退出了歌坛的幸福新娘。

日本媒体曾经称山口百惠为“跟时代睡觉的女人”，也有评论家写过一本书叫做《山口百惠者菩萨也》。处女、娼妓、圣女，乃心理学家所说的古老原型，也都是男性一厢情愿想象出来的女性形象。属于日本战后复兴期的山口百惠，是男性的欲望塑造出来，给男性消费、供奉的偶像。虽然也有过许多女孩子喜欢她，但是当年日本的主流观点是男性观点，连女性都得借用男性眼光来看世界，看自己的。她本人的意愿也是，在男性主宰的社会里，尽量孝顺母亲，之后找个可靠的归宿。二〇一一年，三浦友和口述的《相性（投缘）》问世。文中说，他俩真的很投缘，婚后三十年竟没吵过一次架。如今，他的形象越来越像从前的宇津井健，即当年《血疑》中的父亲大岛茂。

4

以结婚成家为最终理想的日本女人，山口百惠属于最后一代。经济泡沫一直扩大的二十世纪八〇年代，找份工作易如反掌，二十几岁女职员拿回家的工资，就足够维持一个人的生活，还能偶尔买名牌包包，去国外旅行。从前的女性结婚，往往是为了解决生计问题。如今许多女性经济上赢得了独立，不需要结婚了。出去工作赚钱也不再是为了别人，而是为了追求自己的欲望。她们的代表选手正是松田圣子。

十八岁高中毕业以后出道的松田圣子，当初面颊胖乎乎，像是野心勃勃的土包子。然而，没多久，她就跟长年向往的大歌星乡广美谈上恋爱，被媒体称为灰姑娘了。谁料到，二十五岁那年，圣子一个人召开分手记者会，在电视镜头前边，说着“下一辈子一定要跟他到底”而大哭起来，引起了全国性反应：“有没有流泪呀？”果然才一个月后，她便跟演员神田正辉订婚。长达十个小时的婚礼和酒席，全由朝日电视台实况转播，收视率竟高达百分之三十四点九，无疑给新人带来了巨大的利益。神田是大名鼎鼎的石原制作公司旗下的演员。由已故明星石原裕次郎创下的石原公司，归功于创业老板享有的名气（《电影旬报》的“二十世纪的电影明星”投票中赢得了日本男性的第二名）和他哥哥石原慎太郎（现东京都知事、作家）拥有的政治力量，在日本娱乐圈颇有影响力。圣子嫁给旗下的演员，好比是加入了日本娱乐圈的贵族家庭一般。

有人写松田圣子从乡下姑娘变成情场达人的过程，取的书名为《魔性灰姑娘》。日语里，“魔性”指的是妖妇的主要属性。该书的作者是男性，否则不会用这词的。男性分析女偶像，似乎始终只有处女、娼妓、圣女三个范畴而已。《魔性灰姑娘》的意思不外是：从前的处女，后来的娼妓。女性对圣子的看法则一贯是：土里土气的野心家。她实在有脸皮和手段去实现一个又一个欲望，那是懂得害羞的都会人绝对学不来的。圣子的欲望那么强烈，所以给男性的印象特别性感，给女性的印象则非常阳刚。和女性化的外表相反，她的行为相当男性化，简直是一名女猎人。对此，不少日本女性都觉得好痛快。

跟一结婚就引退的山口百惠不同，松田圣子二十四岁结婚，不久生了女儿以后都不肯退出娱乐圈。毕竟，她当初做歌手并不是为了给母亲盖房子。她结婚也不是为了找归宿，而是为了提高自己的身价。在日本，已婚人士的社会地位比单身人士高，尤其是女性。有了孩子以后继续做歌星的松田圣子，被媒体命名为日本头一名“ママドル（mamadol）”即“mama-idol（妈妈偶像）”了。再说，婚后的圣子比单身时候还要大胆，跟日本和外国的多数男人艳闻不断。她三十五岁离婚的时候，前夫神田正辉则说：我忍耐得够长时间了。的确，跟圣子结婚的十年，他都是全日本最有名的绿帽子。三十六岁，圣子跟小自己六岁的牙科医生再婚，穿着白婚纱又一次举办了单独记者会；不出意料之外，两年后又离婚。虽说早已经没有当初那么红了，然而电视上、广告里，还是经常看见她。二〇一一年除夕夜的贺年节目“红白歌唱大赛”中，她和女儿神田沙也加一起唱了日本最有名的励志歌曲《昂首向前走》。

现年五十岁，松田圣子如今的脸孔和刚出道的土包子时代完全两样了。不过，长期在娱乐圈生存下来的明星，也许非得不停地改造自己不可。例如迈克·杰克逊五十岁去世之前的模样，都跟少年时很不一样了。五十岁的圣子既没有皱纹又没有白发，当然是花钱得来的美貌。不知是什么时候，她活生生地变成了蜡像似的。

5

那么，我们的另一个偶像黑田知永子呢？她婚后做了六年的家庭主妇。然后，一九九五年，她三十四岁的时候，光文社创刊了以三十几岁已婚女性为读者对象的《VERY》。之前，日本的时装杂志都针对十几到二十几岁的未婚女性。她们结婚以后能看的，要么是老派家务杂志《主妇之友》《主妇与生活》等，或是新派的生活信息杂志《Orange Page》《Lettuce Club》等。《VERY》的创刊方针好创新，要找回来十年前曾看《JJ》的老读者群。她们年轻时候那么喜欢过名牌商品，成家做了妈妈以后，只要经济条件允许，就一定对赶潮流的高级品牌感兴趣。为了唤起她们大学时候的回忆，新杂志编辑部想出来的办法就是：请知永子复出！

一九九五年是日本泡沫经济破裂以后的第一个谷底，应届的大学毕业生找工作特别困难，报纸把他们面对的困难说成是“就职冰河期”。在那么个时代环境里，年轻一代不分男女都没有钱也没有心思去买名牌时装。然而，早十年大学毕业的人，到了三十五岁已积累了可观的财产，如果上一辈都富裕如“成城学园的小姐”黑田知永子的话，则对名牌的最新消息，一定会兴致勃勃。跟野心勃勃的松田圣子一样，一九八〇年代踏上社会的日本人不分男女都很像肉食动物，用“勃勃”一词来形容他们最适当。

《VERY》的创刊号上，隐居十年的黑田知永子重新登场，果然引起了大轰动。“她还是那么漂亮！”当然跟二十五岁时不一样，但是三十五岁的美女还是很美的，再说做了人妻人母，身价也比原先贵了。那一期的专题是“没有我们可以穿的衣服”。传统上，不仅杂志社，连服装公司都把主要商品针对二十几岁年龄层的。结果，三十五岁、有闲钱、酷爱打扮的已婚女人，去逛逛百货公司、商店街，就觉得“没有我们可以穿的衣服”。商场里卖的不是适合于小妹妹的流行服装，就是五十岁以上才会穿的老派衣裳。《VERY》的创刊以及充满挑拨味的第一期专题，在日本开辟了新的消费市场：针对三十几岁已婚女人的高档时装。当年的编辑说：创刊号问世当天，许多《JJ》的老读者打来电话说：“谢谢，我们就是想要看这样的杂志！”

光文社办杂志蛮有创意。犹如十年前推出了“新传统派”和“滨传统派”一样，这回又发明了一个族群叫做“白金族”，指的是居住于东京港区的高级住宅区白金一带，在附近的高级商店买东西，上餐馆，跟朋友交际的三十几岁已婚女性。因为她们的孩子还很小，生活的一切都得以小家庭为单位。时装页上，既介绍三口子的礼服和便装搭配，又有母亲一个人出席校友会时的服装案例等。其实，《VERY》的编辑方针是仔细研究黑田家的生活方式以后决定的。那几年风行全日本的几个流行语，都发祥于这份杂志了。例如，“茶髪（染成棕色的头发）”“公園出道（母亲和孩子第一次去公园认识其他母子，这时候打扮得合适对以后的人际关系颇起重要作用）”等。显然，跟《JJ》一样，《VERY》也和黑田知永子一起划下新时代。

七年后，光文社又推出了针对四十几岁女性的新杂志《STORY》。正如半世纪以前谁也想象不到六十岁的摇滚乐手一样，还没有《VERY》以前，日本没有三十几岁可以穿的高档时装，有了《STORY》以后才出现了一批穿上了名牌的美丽四十。不必说，每期的封面上一定有她，翻开了杂志，里面也一定介绍着最近她怎样过着日子。好比是美国电影“真人秀”，光文社的时装杂志也逐渐成为以她为固定主角的“真人杂志”。所以，二〇〇七年，当四十五岁的黑田知永子离婚的时候，她和编辑部都觉得尴尬是可以理解的。人生没有不散的筵席。从大学时期持续了二十多年的合作关系终于结束了。

然而，日本杂志界，已经存在着只有她才能担任的角色。或者说，只要她当先驱，一定会跟着而来的市场，也就是从《JJ》经过《VERY》和《STORY》，一直穿着名牌时装打扮成美女过来的一代女性。果然，另一家杂志社集英社，二〇〇七年破天荒地创刊了针对五十上下的新杂志《éclat》，并向知永子送秋波。翌年十月，她开始出现在封面上，到今天还在继续。

说实话，美女到了五十岁，跟十五年前、三十年前不会一样。关键在于她过去三十年从来没有放弃过美女这一个角色，而且是真人版的。当初是“成城学园的小姐”，后来是“白金的太太”，然后是离过婚却有高收入的单身母亲兼模特儿。其他人走过来的路，大多都没有她那么华丽。但是，你想想，身边一直有黑田知永子当坐标，多奢侈呀。

于是我估计，北京女人也一定会一代一代地进化的。

并不是说高消费等于进化，美丽才是。松田圣子和黑田知永子都不肯成为神话，到了半百仍然生气勃勃，我作为同一级的日本女人，深感骄傲。

【关键名词】

黑田知永子

くろだちえこ

黑田知永子在婚前是日本著名女性杂志《JJ》的首席名模。然而黑田却在事业当红之际，选择了婚姻，与在大公司里任职的普通上班族步上红毯，彻底告别风光的模特儿生涯，退隐做个全职主妇。年届四十再度复出，黑田知永子成了日本好感度最高的主妇名模。

卷五

人生交叉点

问候如树叶般飘至

明信片［葉書 はがき］

要是让日本人选择的话，一定会选“叶”字了，因为跟随风飘摇的树叶一般给送到信箱来的纸片，始终有点“意外”的感觉。所以，当网络普及以后，日本仍然有很多人选择这一种通信媒体。

“葉書（はがき hagaki）”是日文明信片的意思。为什么叫“葉書”呢？据说，在古代印度，人们在一种叫“贝多罗”的树叶后面写了佛经。那是一种椰子树，只在热带、亚热带繁殖。在温带日本，则有大叶冬青树，亦能在叶子后面写字，因此日本人学印度人，称之为“多罗叶”。传说，十六世纪战国时代的日本武士，就是在这种树叶后面写字，彼此通信的。

如今在日本，许多寺庙和邮政局都在门外或院子里种着“多罗叶”树，不知谁起的外号叫做“葉書の木”。捡起一张落叶，在后面用指甲写字看看，果然树液接触到氧气的部分慢慢呈现出暗棕色的字迹来，好比是宝丽来公司的拍立得相片。

日本人特别喜欢“葉書”。欧洲国家的邮政局经办的书信当中，明信片占的比率都在百分之五和百分之二十之间，在日本却达到百分之四十。一个原因是日本人有元旦交换“年賀葉書”（贺年卡）的习惯。日本人一年里邮寄的总共两百四十五亿封信件及包裹当中，竟有三十多亿（即八分之一）是“年賀葉書”。另外，日本人夏天都交换明信片彼此问安。邮局方面，不仅每年年底推销有奖的“年賀葉書”，而且七月份和八月份也出售印着金鱼、牵牛、烟花等夏季花样的专用明信片。

全世界最早的明信片是奥匈帝国一八六九年发行的。日本则在明治维新后的一八七三年就引进了“官制葉書”。中文“明信片”中的“明”字，指的是不用信封，任何人都看得到的公开性。日本人当初也在乎被别人看见书信内容；最早期的“官制葉書”是折成两半用的，显然是为了回避外人的眼光。不过，早在明治维新之前，日本城市里早就普及交换贺年书信的习惯，写的大多是非个人化的时令致辞而已，被人看见也无所谓，用起官制的“年賀葉書”来既省事又省钱，很受消费者欢迎。再说，明信片上盖的“一月一日”红色邮戳给人以喜气洋洋的印象。就这样，十九世纪末成为全民性活动的“年賀葉書”，直到二十一世纪的今天仍然是日本元旦不可缺少的景物。

日本小孩平生第一次自己写信，一般是五六岁的时候，给祖父母写张“年賀葉書”。上了小学以后，就一定要给老师、同学写好几十张了。除了致辞署名以外，很多小朋友也拿出冰箱里的甘薯等蔬菜来，要刻干支花样的印章，使贺年卡图文并茂。

日本人这么喜欢“葉書”，估计还是跟个中的“葉”字有关吧。日本四国德岛县有个叫上胜町的小镇以卖树叶出名。上胜町的人口只有两千三百，其中一半是六十五岁以上。当地老先生、老太太们摘下自己家院子里种的柿叶、枫叶等，航空运到东京、大阪等大城市的高级餐厅去，结果家家都发了大财。众所周知，日本料理非常重视季节感和视觉效果：做好的菜肴边上加了一片红叶，马上表达出秋天的感觉来。不同的树叶能传达不同季节的信息，因此许多日本人愿意花钱享受树叶，犹如城市人才会特别迷上盆景一样。

花钱购买树叶，也许外国人会觉得奇怪。在日本，买卖树叶的产业有悠久的历史。比方说，日本甜品和果子，很多都是用树叶包起来的。初春上市的“葛樱”绝对少不了一片樱叶；春天的“樱饼”则要跟盐腌的樱叶一起吃下的。端午节的“柏饼”也一定需要柏叶的香味。还有，奈良县、和歌山县的名产“柿叶寿司”是利用柿叶的杀菌力的，不能没有柿叶。商品化的和果子、寿司等，需要完整干净的树叶。于是树叶成了商品，摘树叶也成了产业。

明信片的英文是“post card”或者“postal card”。不过，英文的“leaf”则既指“叶子”又指“书页”。汉字的“页”字跟“叶”字也显然有相当密切的关系。有人说，日文的“葉書（はがき hagaki）”，其实本来该写成“端書（也念はがき hagaki）”的，乃便条的意思。恐怕“葉書”当初是借用字。尽管如此，要是让日本人选择的话，一定会选“葉”字了，因为跟随风飘摇的树叶一般给送到信箱来的纸片，始终有点“意外”的感觉。所以，当网络普及以后，日本仍然有很多人选择这一种通信媒体。

这些年，日本老年圈子里颇为流行的“絵手紙（图画信）”选择的媒体就是“官制葉書”。跟印有风景的旅游明信片或者美术馆出售的名画明信片不同，“絵手紙”是普通人拿起画笔在明信片上画水彩，然后加句生活所感之类，寄给亲友的。朴素的感觉像俳句。一九七〇年代创始了“絵手紙”的书法家小池邦夫说：“不用画得好，画不好就很好。”从没画过画儿的许多老年男女受他鼓励，成为“絵手紙”作家了。毕竟，画“絵手紙”成本低，心理障碍也低，再说透过邮政制度，能够跟远方的知己沟通，甚至重温旧谊。“絵手紙”的题材经常是蔬菜、水果、花草，或节日风景。也就是说，“絵手紙”跟上胜町的树叶一样传达季节的转移。日本人喜欢“葉書”，想来想去还是跟对大自然的信仰，即泛灵论分不开。

“铁”是怎样炼成的

铁[鉄 てつ]

“鉄”是男性铁道迷的简称，还有昵称版本叫做“鉄ちゃん”。他们不仅单纯爱好铁路而且进一步把人生方针定为“以铁为本”的。虽然最近在媒体上也看得见关于“鉄子”即女性铁道迷的报道。

不知道其他国家的男孩子怎么样，日本男孩到了两岁，十之八九不是对汽车着迷，就是被铁路迷惑。

喜欢汽车的小朋友们，也不知为何，特别中意“工作輛”。所谓“工作輛”就是出租车、警车、救护车、消防车、梯车、卡车、垃圾车、比萨店宅配车，等等。做妈妈的都是女性，从来没做过被车子迷住的小男孩。所以，当宝宝才学会喊妈妈、爸爸，便开始不仅津津乐道而且滔滔不绝什么拖拉机、推土机、吊车、铲车、槽车、叉式车等之际，不由得目瞪口呆，平生第一次明白：原来男孩和女孩就是这么不一样。

对铁路着迷的小朋友们，最初对火车通过时发出的声音产生兴趣。尤其是平交道的断路器下来时发出的铿铿声，他们特爱模仿。然后是日本火车站的工作人员在月台上广播说的“车门快要关闭了，各位乘客请注意”，也会学得非常专业。很难相信，这个时候，他们其实还不知道自己的父母叫什么名字。

部分男孩对铁路越来越倾倒。圣诞节前写信给圣诞老人要轨道和火车的模型，向爷爷奶奶、外公外婆也要各种迷你列车。有些小朋友的收藏品会像小型铁道博物馆。不知不觉之间学会了东京市内所有路线的名字（JR 中央线、总武线、湘南新宿线、山手线、埼京线、南武线、京滨东北线、私铁小田急线、京王线、西武线、东武线、京成线、京急线、地铁丸之内线、地铁东西线、地铁大江户线、地铁银座线，等等）以后，就打开爸爸买来的儿童铁路图鉴，开始记住日本全国所有路线以及铁道车辆的名称。放假时，推着婴儿车到大车站去，他们就指着手叫喊“那是秋田新干线。这边是开往山形的。700 系车辆来了。还有 E4 系呢”，等等，知识量显然超越了母亲。谁能相信，这个时候他们还不识字。

不过，多数男孩到了五岁，就从车子阶段毕业出来，开始投入于恐龙以及电视播放的什么超人之类，然后不久就要发现原来世上有东西叫电玩了。可是，有少数一部分男孩，识字以后便开始熟读全国铁道时刻表，而且还没上小学之前，就把厚厚一本书的内容全记下来。日本电视节目里，每隔一段时间都会登场"铁路神童"，只要是时刻表里写的东西，任何问题都能回答。例如，从北海道某某站到鹿儿岛某某站之间铁路距离有多远？早晨七点钟出发，最早抵达要坐哪条路线去？神童会回答说，先坐几点几分出发的多少班次到哪里，然后换坐几点几分的多少班次到哪里，最早抵达时间是几点几分等等。如果主持人问他，那班次用的是什么车辆？他也当然会回答得一清二楚。到了这个地步，他的将来几乎已经决定了：要成长为十足的"鉄"。

"鉄（てつ tetsu）"是男性铁道迷的简称，还有昵称版本叫做"鉄ちゃん（てっちゃん tecchan）"（阿铁）。他们不仅单纯爱好铁路而且进一步把人生方针定为"以铁为本"的。虽然最近在媒体上也看得见关于"鉄子（てつこ tetsuko）"即女性铁道

迷的报道。传统上“鉄”是从铿铿铿一路成长过来的男性，相比之下，“鉄子”往往是单身女性对恋爱游戏感到疲倦以后，作为逃避手段而选择的暂时身份。男性“鉄”们则不会经验那种挫折或转折。他们学校毕业踏上社会以后都一直保持对铁路衷心的爱，并不停地透过具体行动来证明自己的爱。

有些人工作一放假就到全国各地还没乘搭过的路线去试乘，被分类为“乘鉄(のりてつ nori-tetsu)”。有人则带着专业水平的照相机去拍摄心爱的铁路车辆，被称为“撮り鉄(とりてつ tori-tetsu)”。总之在日本，很多地方的轨道边，每逢假日都出现以万为计的“鉄”们。他们的打扮、举止彼此都很像，属于广义的“御宅族”。但是跟热衷于平面偶像的传统御宅族比较，“鉄”的印象相对干净，给一般女性的印象是：虽然不会是恋爱对象，结婚成家也许可以考虑。毕竟，能做三十年的“鉄”，除了痴心以外，还必然有点知性，而且性格方面也肯定非常专一。

老公中学时候的同学渡边先生，京都大学毕业，在日立制作所任高级工程师。他每年的贺年卡上都印着自己站在什么列车前边拍的彩色照片，显而易见是堂堂正正的

“乘鉄”。对他来讲，到远处乘搭从没坐过的铁路，好比是登山家第一次爬了某处名山一样有成就感，乃不仅值得纪念，而且也是值得向所有亲朋好友报告的喜庆消息。“渡边嘛，为人老实，而且非常聪明。只是对铁路的兴趣完全超过了对异性的兴趣。我从来没听说过他跟什么女人拍拖呢。”老公讲。谁料到，快要过四十岁生日的一个元旦，他寄来的贺年卡上竟然见不到铁路车辆，却有他跟一个女性去欧洲度蜜月拍的照片。旁边他亲笔写着：“经上司介绍相亲，月前结婚了。”我们实在惊讶，世上会有女人在渡边眼里比铁路还有吸引力！不过，我们真正惊讶的是第二年收到贺年卡的时候；这次的照片是他们夫妇俩一起站在什么火车头前边拍的。到了第三年，贺年卡上就有了列车、渡边、太太以及一个女儿。最近几年，还添了一个妹妹，全家四口子一起当“乘鉄”的纪念照片都印在贺年卡上。

日本全国的“鉄”人口相当多，而且他们的知识水平非常高，使得在日本关于铁路的书写难度特别高。文章里一出现小小的错误，就会有几百个“鉄”读者们来信指出、纠正，如今更不用说在网络上辱骂。所以，即使是从小做了将近半个世纪“鉄”的老手，当写起关于铁路的书本时，前言里一定要谦虚地加上一句“虽然本人不算是铁路专家，云云”。然而，就是因为“鉄”人口非常多，鼓起勇气出版关于铁路的书，成为畅销书的可能性也颇高的。

我在早稻田大学的老同学原武史，如今在明治学院大学当教授，可以说是日本“写鉄”的代表人物了。他的专业是日本政治思想史，曾以《大正天皇》一书获得过每日出版文化赏，但是更多读者喜欢看他写关于铁路的文章。他目前有十六本著作，其中竟有十一本跟铁路有关。其实，他的出名作就是日本政治思想史和铁路文化论相结合的《“民都”大阪 VS.“帝都”东京——作为思想的关西私铁》（一九九八，SUNTORY 学艺赏）。尽管拥有如此非凡的成就，二〇一一年出版的《“铁学”概论——从车窗眺望日本近现代史》前言里，他都写着“虽然本人不算是铁路专家”。这个人就是还没有上小学之前就记住了全国铁路时刻表的全部内容，到现在已有四十多年的“铁历”，在出版商讲谈社之宣传杂志《本》月刊上开专栏“铁道一个话”连载好几年，结集出了三本书的呢！书名《“铁学”概论》颇有意思，因为在日语里“鉄学”和“哲学”的发音完全一样，所以这标题跟西田几多郎的名著《哲学概论》是谐音的。书中，原武史谈到的内容包括：日本的铁路文学、铁路与天皇、铁路产生的思想、铁路催生的城市等。

记得大学时候，有一次在课堂讨论上，原武史说过："搭乘铁路，看看车外的风景以及车上乘客的风情，会引起我许多联想和思考。"他也经常说："铁路好像有特别吸引男性的因素。"看看这些年问世的"鉄子"书写、"鉄子"照片集等，我发现她们经常把车辆当作男性来宠爱，例如说"某某系车辆的长相特别帅"，等等。相比之下，男性同好则很少把铁路比作女性，结果较容易被男女两性读者接受。二〇一一年散文家川本三郎发表的《小说中、电影中、火车跑》一书是很好的例子，文中讨论电影名作《砂之器》《饥饿海峡》《东京物语》等里面的铁路形象，颇为迷人的。

虽然我认为任何东西都不可以给一个性别垄断，可是养大了一个男孩，并观察了周围许多男孩以后，不得不承认：车子好像特别吸引男性。包括为什么部分男孩从不毕业于这一阶段而要成长为终生的"鉄"，即"铁是怎样炼成的"，都很不可思议，该是老天爷注定的吧。

酷的人，不考虑酷不酷，所以酷

[My-Boom]

经济高度成长时期，消费是大众式的：别人要的东西，我都买了，才觉得满意。进入了稳定成长期，则出现所谓小众：每个圈子的人有不同的口味和消费倾向。到了零或负成长时期，居然出现了“my-boom”。

日本媒体界有几个名人，常常在杂志上、电视节目里能看到他们，但是谁也搞不清楚到底人家的职业是什么。三浦纯是其中之一。他是一九五八年出生的中老男人，一直留着一九七〇年代嬉皮模样的长头发，戴着遮盖半个脸孔的蛤蟆镜。最常挂的头衔是插画家和漫画家，但是他也写散文、写影评、拍照片、搞乐队、主持广播和电视节目、填歌词，甚至拍电影。这个人究竟是干什么的？唯一清楚的是他绝对属于次文化，而跟严肃的高级文化是沾不上边的。同类名人有插画家渡边和博、嘻哈音乐家伊藤正幸、广告文案家丝井重里等。总的来说，他们毫无疑问是日本高度经济发达的产物；贫穷的社会养不起这些人物。

说到三浦纯，最多日本人想到的是“my boom”。那是他最初命名，一九九七年获得了流行语大奖的新词儿，后来被广大社会接受，二〇〇八年竟收录于日本最有权威的词典《广辞苑》了。英文单词“boom”的语义是激增、走红等，一般都用在影响力相当大的社会现象上，例如“baby boom（婴儿潮）”。所以在“boom”的前边加了个人化的“my（我的）”，前后矛盾很明显。然而，就是因为个中的矛盾和反讽特别有趣，这个词儿才在日本流行起来的。

其实，从一九六〇年代到七〇年代的日本，曾经有过一次“my-car boom”，三浦是拿它恶搞的。当年日本人所说的“my-car”是发祥于香港的中文单词“私家车”之同义词。以前，汽车属于政府部门和交通、运输、建筑等公司；国民经济开始起飞以后，个人方能够分期付款买汽车，并称之为“my-car”。也就是，“my-car boom”乃指“私家车热”的日式英语，它代表一九六〇年代到了小康水平的生活状态和随之出现的以小家庭为主的价值观念；

跟之前贫穷年代的大公无私精神呈现了明显的对比。

果然，“my-car boom”催生了“my-home 主义”。一九七〇年办完大阪世博会，日本的高速经济成长告了一段落，从此进入了为期大约二十年的稳定成长期。之前的二十多年一直为复兴国家拼命工作过来的日本人，那时候开始享受个人生活了。从一九七〇年代到一九八〇年代初，日本社会的主调曾是“my-home 主义”。战后长大的一代人觉得古老的宗族主义很封建特麻烦，于是纷纷离开故乡到大城市去结婚，购买属于小家庭的小房子（my-home），每年加添沙发、彩电、微波炉、录像机等西式家具和现代家电。到了周末，他们与其回老家跟老父老母团聚，或者跟上司同事一块儿打高尔夫球去，宁愿带太太孩子去东京迪士尼乐园享受“my-home”带来的幸福。当年的传播媒体把那种男人揶揄为“my-home papa”。日本式“my-home”的特点是孤立和封闭，包括公公婆婆，很少有外人被请到门内的。

“My-car boom”和“my-home 主义”中的“my”，由集体主义的老一辈看来颇有美国式个人主义的自私味道，本来算是对年轻一代的嘲讽或批评。然而，价值观念是时代风气产生的，时代变了，价值观念也随着变。出乎大家的意料，“my-home 主义”没有持续太久，因为它遭到了下一代的拒绝。一九八〇年代中出现了一批年轻男女不愿意结婚成家。他们是大城市的小家庭里长大的男女，从小就没有跟不同家庭的人密切来往的习惯，成年以后也自然受不了别人侵犯私人空间的感觉，即使那别人是自己的情人。显而易见，“my-home 主义”的归结是下一代的单身人士激增。

三浦纯第一次在媒体上用“my-boom”一词是一九九四年，即日本的房地产泡沫破裂了以后。一九九〇年代初，日本从稳定成长期进入了零成长或负成长（ =没落的委婉说法）时期。暴发户式的高消费活动已经过时，“my-home”也被视为庸俗的圈套了。这个时候，戴着墨镜的媒体怪人在电视节目里宣布：我们不再需要社会性的“boom”了，每人享受自己的“my-boom”不好吗？举个例子，三浦说，他当时的“my-boom”是佛像：去日本以及世界各地的佛教寺庙拍摄佛像，把洗出来的照片分类贴在剪报本上，并附上评语，自己享受，若遇到同好的话则共享一番。后现代的传媒人，穿着牛仔裤和皮夹克的次文化大王，自说偏爱古老的佛像，别人不知道应该当真还是当玩笑。总之，那样的爱好花费很低，也不需要伙伴，还说不定能治疗心中的空虚感，正适合泡沫破裂后日本城市单身族群的需求。

经济高度成长时期，消费是大众式的：别人要的东西，我都买了，才觉得满意。进入了稳定成长期，则出现所谓小众：每个圈子的人有不同的口味和消费倾向。到了零或负成长时期，居然出现了"my-boom"：人人志向都与众不同，越不一般的口味和爱好越了不起。从这个角度来看，三浦纯无疑是特别了不起的人。根据他的个人网站miurajun. net介绍，他是从在京都长大的小时候起就喜欢怪兽和佛像；东京武藏野美术大学毕业前后，作为漫画家出道；一九八〇年代末的泡沫经济时期打进了广播界，并组织女装乐队到处演出；同一时期开始发表的专栏文章、摄影作品等都有强烈的恶搞精神，令人始终弄不清楚他到底是认真的还是开玩笑的，正常的还是不正常的。

他从小到现在的"my-boom"有：怪兽、青蛙、漫画家、佛像、青年旅社、女装、印度、松尾芭蕉、金鱼，等等。而他对每一个boom的对象都蛮投入的。比如说佛像热吧。他非常认真地去研究佛教，甚至考虑出家；不仅跟另一名怪人伊藤正幸一起去各地鉴赏佛像的记录《见佛记》共出了五本书籍和七张DVD，而且他也从老字号出版社新潮社问世了《my 佛教》一书，谈谈自己多年来对佛教的理解和心得。另外，他的作品中相当著名的《Outdoor 般若心经》（二〇〇七）是把汉译本心经的二百七十八个字，全都用户外拍摄的商店等招牌中的文字组构起来的，算是与众不同形式的抄写佛经当修行。

到底三浦纯是什么人？他主张的“my-boom”是怎么回事？在《Outdoor 般若心经》的扉页上，他写：酷的人，不考虑酷不酷，所以酷，我终于明白了。这种人能够在过去三十年的日本传媒界活过来，算是日本人的幸福，毕竟为我们提供了与众不同的视角。不过，他的恶搞有时候也实在过于下流了；据传说，有一次成龙来日本，三浦纯就买了个性爱娃娃送给他，结果惹火烧身。还是应该说，这种人是日本人的耻辱吧？不必说，那种娃娃也曾是三浦纯“my-boom”的对象。

【关键名词】

三浦純

みうらじゅん

一九五八年生于京都，毕业于东京武藏野美术大学，以漫画家、插画家、小说家、音乐家、评论家、电台 DJ、编辑者等身份活跃于日本艺术界。从小学时代开始对佛像与怪兽产生浓厚兴趣，一九八二年参加讲谈社《WEEKLY YOUNG MAGAZINE》漫画新人比赛获得佳作，此后在《宝岛》等杂志执笔怪兽散文与插画打开知名度。一九八六年与丝井重里共同出版《见ぐるしいほど爱されたい》，奠定其风格与地位。

从日本式到混合式

[GOPAN]

返璞归真的潮流出现，可以说是蛮符合逻辑的。许多中年日本人都怀念小时候的早晨被妈妈派去家附近的面包店闻到的香味。那香味是刚刚出炉、还热腾腾的面包才有的纯朴香味。早已饱食的日本人付订金排队也想得到的，不是高热量的火腿奶酪黄油之类的，而是跟儿时一般温暖暖的感觉。

GOPAN是三洋电机公司二〇一〇年出售的新式面包机。它跟之前的面包机不一样，可以用大米或冷米饭而不是用面粉来做面包，果然一上市就抓住了“瑞穗之国”（稻穗绿油油的国家 =日本的美称）消费者的心。

它对日本人的强烈吸引力究竟在哪里？首先就在名

字。日本人一听“GOPAN”就猜得到：它是“ごはん gohan（米饭）”和“パン pan（面包，源自葡萄牙语）”相结合的，而且有点像一两岁的小娃娃要说“ごはん gohan”却口齿不清，无意中说出了“ごぱん gopan”似的，总的来说，充满着可爱的感觉。

其次，则在它跟大米的亲和性。根据日本政府农林水产省统计，日本的人均大米消费量从一九六〇年到二〇一〇年的半世纪里减少了一半。这是日本的饮食生活，从传统的纯日本式变成了“和洋中”混合式所导致的。如今许多日本人，早饭吃吐司喝咖啡，午饭吃意大利面或者拉面饺子，到了晚饭才吃日本菜的。说大米是日本人的主食，早已相当勉强了。

不过，这并不意味着日本人越来越不爱吃米饭。无论男女老少，跟亲朋好友一块儿出去吃顿饭时的首选，始终非回转寿司莫属，因为吃了大米日本人的肚子才会觉得着实饱。再说，虽然日本人也很爱吃面包，但是在东瀛市场，欧洲式硬面包一贯不能赢得消费者的欢心。反之，湿润而软绵绵、稍带甜味的品种才是日本人心目中最理想的面包。所以，日本家庭以及“喫茶店”供应的吐司，往往是“厚切”的，一般都二三厘米厚，有时甚至厚达五六厘米。把厚片面包烤一烤的结果，只有外边焦脆，里面则暄腾腾，那样子正符合日本人的口味，但是跟英国式的地道吐司比较的话，只能说相差很远了。

说实在，日本超市里人气最高的“超熟”牌方面包，广告文案中就说：口感モチモチ mochi-mochi。可是“モチモチ”一词儿本来是形容婴儿皮肤时用的，用汉字写下来便是“餅餅”，日本话里的意思则为“年糕状”，换句话说“白而光滑细腻”。怪不得，日本消费者历来不接受“黑而粗、干巴巴”的德国式黑面包，反之，口感越接近年糕的面包，越讨日本人的喜欢。你想想日式面包店卖的奶油面包、起司面包等，不都是湿润暄腾得可以吗？

GOPAN 显然是针对日本人此类矛盾的口味而开发的产品。它标榜用大米来制作最接近米饭口感，米香芬芳的面包。果然消息一传出去，在还没正式上市之前，已经有好几万瑞穗国民挂名要预购了。

自动面包机的历史追溯到一九八六年，乃日本松下电器公司（Panasonic）发明的，后来传到英国、澳大利亚、美国去了，但是始终无法打进欧洲市场，因为那里至今还有传统的家庭经营面包店每天从早烤面包供应给附近居民。曾经一九六〇年代的日本，也有过小规模面包店，边做边卖方面包、奶油面包、果酱面包、豆沙面包、油炸面圈、咖喱面包，各种三明治包括日式炒面面包，还有蜜瓜面包（只有形状和外皮似蜜瓜），等等。后来，欧式店名的所谓日式面包连锁店到处开张，统统驱走了老派家庭经营面包店。这回，大家可以尝到法国牛角包、丹麦甜面包、比萨，甚至葡式蛋挞。结果，面包店无限接近蛋糕店。无论从内容、价钱哪个角度来看，面包不再像主食，反而像零食了。

所以，返璞归真的潮流出现，可以说是蛮符合逻辑的。许多中年日本人都怀念小时候的早晨被妈妈派去家附近的面包店闻到的香味。那香味是刚刚出炉、还热腾腾的面包才有的纯朴香味。早已饱食的日本人付订金排队也想得到的，不是高热量的火腿奶酪黄油之类的，而是跟儿时一般温暖暖的感觉。

在日本，面包机的销售量，过去二十多年有起有落。只是，进入了二十一世纪后，世界粮食市场变得不稳定，小麦玉米等的价格时而高涨；相比之下，只有大米是日本能自给自足，不需要从国外进口的。GOPAN 一上市就走红的市场条件，可以说早已成熟。再加上，三一一大地震以后，东京超市架子上的面包一下子给抢购一空，令人深刻体会到：家里能够 DIY 做面包心里会踏实点。

国民经济刚起飞的年代，大家对新上市的家用电器总是兴致勃勃；然而，这些年能引起那种热潮的，不是电玩就是 iPhone 等通讯机器了。这个时候出现了 GOPAN。它刚刚上市以后的一段时间，连老先生老太太都大谈："听说能用大米做面包的机器要上市了。晚上睡觉以前放入大米，早上起来可以吃米香芬芳的新鲜面包，不是非常好吗？"也就是说，好比跟电饭锅刚刚上市的时候一样，GOPAN 令人期待了家庭饮食生活的实时改善。

问题是，电饭锅也好，面包机也好，家电在本质上就针对家庭。然而，如今在东京，一户的平均人数是一点九；多半的东京人是单独居住的。那么，对一半以上的东京人来说，即使 GOPAN 会带来的温暖感觉很有吸引力，但是始终不适合自己；烤了一斤面包，一个人花几天去消费啊？何况日本人是中午吃意大利面或者拉面饺子，晚上要吃白米饭的。可见，晚婚化、少子化、高龄化对经济的打击是多么根本性的。果然，有六十年历史的三洋电机于二〇一一年成了 Panasonic 的子公司，从地球上消失了。

震灾后副产品

风评被害［風評被害 ふうひょうひがい］

“風評被害”中的“被害”是“受害”的意思。“風評被害”指的不外是“风评造成的受害”，即“不好的流言造成的损害”。

二〇一一年三月十一日的东北日本大地震以及海啸以后，灾区复兴的速度比原来预期的缓慢很多。一个原因是海啸造成的瓦砾太多，相当于好几十年份的垃圾，光使用岩手、宫城、福岛三县的废弃设备的话，根本不可能迅速处理的，何况当地许多设施都遭受到了地震和海啸的破坏。因此非得把大量瓦砾运到日本其他地方处理不可。然而，愿意接受灾区垃圾的地方甚少，因为大家都害怕凡是东北来的东西都有可能受到辐射污染。

如果那天发生的只是地震和海啸，而没有核电站事故的话，日本其他地方人也绝不会小心眼到这个地步的。毕竟有俗语说：遇到困难时，应该互相帮助。哪怕纯粹出于人类善良的本质，都一定会如此。

然而，当遇到的困难不仅是地震和海啸，还包括核电站事故的时候，人们就变得特别小心眼。二〇一一年八月盂兰盆节，京都五山的传统习俗“大文字烧”，本来打算烧岩手县陆前高田市的松木，以送灾区死者的灵魂去冥界。可是，因为京都许多居民都担心，烧了岩手县的木材，自己住的地方也会受污染，于是最后取消了焚烧陆前高田松木的计划。连宗教仪式都遇到困难，处理大量瓦砾面对的阻力会多么大，则不经思考也会知道。报纸上，甚至出现科学家主张：把灾区垃圾运到日本西部是不合理的，因为这样做的结果无非是，本来没受影响的地方都在处理垃圾的过程中受辐射污染，全日本连一块干净的土地都没有了。

当日本媒体报道此类现象的时候，标题中一定出现“風評被害（ふうひょうひがい fuhyouhigai）”的字眼。这究竟是什么意思呢？

根据日本小学馆、北京商务印书馆共同编纂的日中辞典第二版（二〇〇二），“風評”指：传说、谣传、传闻。例句有两个：传出不好的流言、有种种传说的人物。可见，日语“風評”有贬义。这跟它在中文里的用法稍微不同：在大陆网络上，找到的使用例子不多（其中一个写：“风评”是风险评估的简称），但是在台湾博客上，有几个人写着“风评不错的汉堡”等句子。显然在美丽岛，“风评”的意思是“风传的评价”或“口碑”，褒贬则不一定。

“風評被害”中的“被害”是“受害”的意思。“風評被害”指的不外是“风评造成的受害”，即“不好的流言造成的损害”。报纸社论、电视新闻节目都说：日本西部地区拒绝处理东北垃圾（或者购买福岛产蔬菜等等）是“風評”造成的损害，因为官方认为东北垃圾（或者福岛产蔬菜）含有的辐射性物质少到“不会实时造成健康损害”的地步，没有正当理由回避。

问题在于：如果你面对的一堆垃圾（或者一把青菜）明明含有少量辐射性物质（或者其他任何毒物），但是含量据说少到“不会实时造成健康损害的程度”的话，你愿不愿意把那堆垃圾在自己家院子里烧掉（或者吃那把青菜）？尤其是你对官方发表的内容不能百分之一百地信任的时候？所以，包括笔者在内的许多日本人看到“風評被害”一词就觉得不以为然。

“風評被害”一词最初出现于日本社会，是早在这次的地震、海啸、核电站事故都没有发生之前。一九五六年，美国在南太平洋比基尼海域举行核试验，正在附近钓鲔鱼的日本渔船乘员受了辐射。当时就发生了日本消费者害怕辐射，拒绝购买任何海产品的所谓“辐射能恐慌”。日本国会里，当讨论如何赔偿无关渔民的经济损害时，第一次使用了“風評”一词。当时有个议员说：“既然没有查出辐射性物质来，我们能断定这些水产物是安全的。然而，消费者还是将它视为所谓比基尼鲔鱼，说不定受了污染什么的。这种‘風評’导致鱼类卖不出去，价钱低落等等的间接损害。”可见，“風評被害”成为日本的社会问题，最初也跟核辐射直接有关。

一九七〇、一九八〇年代，日本媒体每次报道“風評被害”也都跟核能相干。比方说，一九八一年，北海道政府跟当地电力公司签订了有关核电站的安全协约，其中有个条款决定：万一附近农作物蒙受了“風評被害”，由电力公司赔偿农民的经济损失。

一九九〇年代以后，日本出现了一系列起因于其他种毒物，如二噁烷、大肠杆菌，或者俄罗斯油轮原油的“風評被害”个案。社会心理学者关谷直也调查了几个案例以后，下结论道：凡是“風評被害”发生之前，都一定有事故、事件、环境污染或者灾害，但是关键在于大量有关的报道，使得消费者把本来该“安全”的食品、商品、土地视为危险，结果停止消费，造成无辜生产者、供应者的经济损害。

在他的论文《“风评被害”的社会心理》中，“安全”一词就套着引号，因为跟“危险”一样，“安全”也是相对的。而就是因为没有绝对“安全”这回事，当一个地方发生了事故、事件、环境污染或者灾害，并在媒体上泛滥有关报道之际，身在远处的人们都感到“不安”，尽量去回避他们视为“危险”或者“可疑”的食品、商品、土地等。

以灾区的瓦砾为例，东北确实有了灾害、事故、环境污染，也有过许多有关的媒体报道，结果京都等日本西部居民把本来“安全”的瓦砾视为危险，拒绝接受。那么，如果那些瓦砾其实并不安全的话，“風評被害”之说就根本不能成立了。抑或，如果说没有媒体报道就不会发生“風評被害”的话，等于主张信息封锁了。这样子，究竟对谁有利？对谁更不利？看起来，我们对“風評被害”一词的直觉，那个极其不以为然的感觉，还是有道理的。

说“風評被害”的人，无论是政府、专家、媒体，其实都在弄虚作假，要帮助真正的罪犯推卸责任逃避的。你看，“風評被害”是被动词，被害者是无辜的生产者也好，供应者也好，灾区居民也好。但是，造成损害的主体又会是谁啊？按照这一套逻辑，只会是胆小怕死的消费者、市民了。到底从何时起，胆小怕死成了罪行呢？没有吧！胆小怕死是人的本能，否则人类早灭绝了。京都居民是从本能出发，拒绝了陆前高田松木的。

可悲，当然非常可悲。但是，震后一年，仍然堆积如山的瓦砾是问题的本质，绝非因“風評被害”存在的副产品。我知道，日本其他地区是总得接受瓦砾的，不管有没有辐射，不管实时还是长远的未来造成健康损害，不管我们愿意不愿意。可万万别说什么“風評被害”好不好？灾民受的害不是“風評”造成的，而是核电站事故造成的。其他地方的日本人感到的无奈也归咎于核电厂事故。所以，我说，不要核电厂了。

出于怜悯的保密，违法

告知[告知/こくち]

“告知”的语感跟“宣判”极其相似。所以，被医生“告知”了，就很难不埋怨医生的残酷，虽然他只是履行例行公事，说出事实罢了。

用当代日语，说“告知(こくち/kokuchi)”一般只会有一种内容：癌症。如果有人说“我父亲被医生‘告知’了”，老先生得的肯定是癌症，而且很可能是末期。

一百年以前，日本人死因的第一名是肺炎，乃西班牙流感所引起的。一九三〇年代，得结核去世的人最多。第二次世界大战结束以后，由于抗生素的发明，结核成了可医治的病。一九六〇年代起，脑溢血、心脏病、癌症则成了日本人的“三大死因”。一九八一年，癌症死亡率第一次超过了脑溢血。过去三十年，最多日本人因癌症而丧命。

越来越多人死于癌症，一个原因是平均寿命的增长。人活得越长，患上癌症的几率也就越高。据统计，活到七十四岁，将近一半的人得癌症，再说超过两成的同代人因癌症已不在世了。看我周围的状况，也确实是这样子。近几年去世的老龄亲戚几乎都患有癌症，过了八十岁则并发别的病，例如老年痴呆症。于是有些医生说，因癌症去世其实就是老死，从前所谓的“大往生”（寿终正寝）个案里，估计有相当多是癌症最后致死的。

尽管癌症去世如此普遍，多数日本人仍然觉得：告知癌症等于宣判死刑，而且是冤枉判死刑似的。“告知”的语感跟“宣判”极其相似。所以，被医生“告知”了，就很难不埋怨医生的残酷，虽然他只是履行例行公事，说出事实罢了。不过，究竟从什么时候起，医生可以告诉病人事实了？保密向来是医生职务之一。以前，这保密也包括，出于怜悯，对病人不说真正的病名。

一九八九年，裕仁天皇去世之前，日本媒体都不敢报道他得的是胰腺癌。当时，不仅是天皇，连平民老人得了癌症，家人也不会告诉病人事实的。在那个年代的日本，直呼癌症算是一种社会忌讳。医生对病人家属说明时，都用“恶性肿瘤”等婉转的说法，免得不必要地伤害对方的感情。当时的社会有共识：既然癌症致死率颇高，直说病名会使病人绝望，搞不好导致寻短见，因此非得尽量回避不可。同一时期，我在加拿大生活，发现北美洲人对癌症“告知”的态度跟日本人呈现鲜明的对比。他们认为病情属于隐私，最有权利知道的应该是患者本人，倘若医生先告诉别人，即使那是家属，就等于侵犯了病人的隐私权。

二十多年后的今天，日本许多医院有明文规定：检查出来的结果，应该直接“告知”病人，而不可以先告诉家属，为的是尊重病人的知情权。可见，日本社会对人权的敏感度如今赶上了北美。同时，毫无疑问，医院设定这类规则也为免被病人或家属追究法律责任。毕竟，“告知”本来是个法律用语，从前只有律师、法官、保险公司等才用的。现在，医疗工作者都用起法律用语来，自然是为法律利害起见的。

一九九三年九月六日，当年日本很著名的电视主播逸见政孝在记者招待会上告白：自己得的是胃癌。他当时四十八岁，在新闻节目、综艺节目都非常活跃，可以说是人人皆知的公众人物。电视上的告白给广大社会带来了特别大的冲击，因为直到那一天，直呼癌症还是忌讳。在日本，名人公开承认患有癌症以他为开端。

那恰巧也是苏联解体，冷战结束，美国式全球化迅速进展的年代。历来“以和为贵”的大和民族都不能不受影响，各媒体纷纷预告着：美国式“官司社会”即将来临日本了。一九九七年，日本国会通过了改正医疗法，明文规定“知情同意（informed consent）”，即公开信息和取得患者同意，是医疗工作者的法律义务。也就是说，医生保密，即使出于怜悯，从此都成了违法行为。

全球化的风潮竟然影响到日本皇室。二〇〇二年年底，宫内厅发表：明仁天皇得了前列腺癌。他父亲裕仁天皇曾被当作神，晚年得了癌症，不仅媒体不敢报道，而且医生都迟迟不敢在“玉体”上开刀的。儿子明仁的遭遇很不一样。他从小被美国教师叫做吉米长大，只当过人。医生根据当代法律与常识“告知”了他病名，也毫不犹豫地进行了摘除手术。后来关于他的健康状况，日本媒体似乎没有任何忌讳。最近明仁天皇也动了心脏冠状动脉的绕道手术，电视新闻都用图画解释得清清楚楚。倘若自己亲人的病情在媒体上那么露骨地被公布出来，相信多数人会觉得心痛。可见，广大日本社会对天皇的敬畏已经不存在了。

二〇〇七年夏天，我父亲得了癌症，是他自己去医院接受定期体检时发现的。跟得了感冒一样，医生很机械性地“告知”了他本人。之前，我不知道“告知”其实分两种的。第一种是“告知”病名，第二种则是“告知”病情。医生告诉父亲：他得的是胰腺癌，但是处于早期，还能动手术。积极乐观的病情，患者听了以后还会高兴，算是不幸中的万幸吧。可是，动完了手术，开始化疗之际，医生说明的病情前景就相当消极悲观了。那天陪父亲去医院的哥哥当场向大夫发火。医生有法律义务说出实话，哥哥却受不了医生不懂人情。最可怜的是父亲；病人唯一的依靠是医生，绝不想得罪他的。家属对大夫不礼貌，最感无奈的就是病人。

直到二〇〇〇年左右，日本社会上还偶尔能听到“你若得了癌症，要不要被告知？”一类的讨论。没几年工夫，已经没得选择了。我父亲并没有选择要被“告知”，可他却一而再，再而三地被“告知”了。化疗的副作用很大，但是效果有限。癌细胞到处转移，导致胆管堵塞的模样，医生都用铅笔细密画着详细地给他本人讲了。医生画的癌细胞看起来像花椰菜正盛开的样子，残酷地宣告着：

没办法切除干净。

表面上，父亲的情绪是很稳定的，常有笑容，从不放弃希望。他去世的三个月以前，医生相当清楚地说了：“再做化疗也没有用了。何不赶快出院回家享口福去？你不是很喜欢吃寿司的吗？”事后回想，父亲要想吃寿司，那真是最后一次机会了。所以，我相信，医生除了遵守法律以外，还是替病人着想的。但是，对父亲来说，当时最大的希望不是吃寿司，而是根治癌症。出院回家，在一般的情况下是好消息，然而对末期癌症病人来说，却不是。

父亲回家过了两个月，最后什么也不能吃，连起身都很困难了。二〇〇九年一月二日，我们扶着他送去住院。但是，医生说：已经不可救药了，而且医院不能让无法治的患者留下来住，何况在元旦假期。父亲就是不愿意放弃希望，要医生给他做点什么，不管有没有用。我在旁边看情况，似乎唯一的答案是让父亲转到加收费的个人病房去，并请医生给他弄营养管。那样子，父亲再过了一个月。直到去世前一天，他意识特别清晰。那天看我儿子给他表演扑克牌魔术，父亲做出了吃惊、赞扬的表情，还拍了手。直到瞑目的刹那，他都没有承认自己即将离开人间了，也就是说，一贯不肯真正接受被医生“告知”的病情。

每个社会，每个时代都有一套规矩。关于怎样结束生命，怎样度过人生最后的一段日子，个人能选择的始终不是很多。连天皇都如此，何况平民。父亲一九三四年二月十六日出生，二〇〇九年二月一日去世。享年七十五岁差半月，比日本男性的平均寿命短了五年。虽说是大家都要走的一条路，但我还是觉得，他走得太早了。

图书在版编目(CIP)数据

你所不知道的日本名词故事/(日)新井一二三著. —上海:
上海译文出版社,2018.1 (2022.3重印)
ISBN 978-7-5327-7662-7

Ⅰ.①你… Ⅱ.①新… Ⅲ.①散文集—日本—现代
Ⅳ.①I313.65

中国版本图书馆CIP数据核字(2017)第313358号

你所不知道的日本名词故事
[日]新井一二三 著
责任编辑/刘宇婷 装帧设计/人马艺术设计·储平

上海译文出版社有限公司出版、发行
网址:www.yiwen.com.cn
201101 上海市闵行区号景路159弄B座
江阴市机关印刷服务有限公司印刷

开本787×1092 1/32 印张7.75 插页5 字数92,000
2018年1月第1版 2022年3月第3次印刷
印数:11,001—12,000册

ISBN 978-7-5327-7662-7/I·4697
定价:46.00元